50 Lieblingsbücher zum Vorlesen und Selberlesen | David Almond – Zeit des Mondes • **Vita Andersen** – Petruschkas Lackschuhe • **Kirsten Boie** – Mit Jakob wurde alles anders • **Robert Bolt** – Der kleine dicke Ritter • **Zoran Drvenkar** – touch the flame • **Michael Ende** – Der satanarchäolügenialkohöllische Wunschpunsch • **Willi Fährmann** – Der lange Weg des Lukas B. • **Cornelia Funke** – Potilla • **John Reynolds Gardiner** – Steinadler • **David Grossman** – Zickzackkind • **Josef Guggenmos** – Was denkt die Maus am Donnerstag? • **Peter Hacks** – Liebkind im Vogelnest • **Peter Härtling** – Das war der Hirbel • **Christoph Hein** – Das Wildpferd unterm Kachelofen • **Sigrid Heuck** – Saids Geschichte • **W. und H. Hohlbein** – Drachenfeuer • **Janosch** – Lari Fari Mogelzahn • **Tove Jansson** – Die Mumins. Eine drollige Gesellschaft • **Diana Wynne Jones** – Zauberstreit in Caprona • **Erich Kästner** – Pünktchen und Anton • **Klaus Kordon** – Die roten Matrosen • **Irina Korschunow** – Die Wawuschels mit den grünen Haaren • **James Krüss** – Mein Urgroßvater und ich • **Guus Kuijer** – Wir alle für immer zusammen • **Marjaleena Lembcke** – Als die Steine noch Vögel waren • **Gunnel Linde** – Wie eine Hecke voll Himbeeren • **Astrid Lindgren** – Kalle Blomquist Meisterdetektiv • **Hugh Lofting** – Doktor Dolittle und seine Tiere • **Paul Maar** – Der tätowierte Hund • **Patricia MacLachlan** – Schere, Stein, Papier • **Henning Mankell** – Der Hund, der unterwegs zu einem Stern war • **Tilde Michels** – Kleiner König Kalle Wirsch • **A. A. Milne** – Pu der Bär • **Christine Nöstlinger** – Konrad oder Das Kind aus der Konservenbüchse • **Sheila Och** – Das Salz der Erde und das dumme Schaf • **Gudrun Pausewang** – Die Wolke • **Benno Pludra** – Das Herz des Piraten • **Mirjam Pressler** – Wenn das Glück kommt, muss man ihm einen Stuhl hinstellen • **Jan Procházka** – David und der Weihnachtskarpfen • **Bjarne Reuter** – So einen wie mich kann man nicht von den Bäumen pflücken, sagt Buster • **Jutta Richter** – Der Hund mit dem gelben Herzen • **Rafik Schami** – Eine Hand voller Sterne • **Hermann Schulz** – Auf dem Strom • **Jerry Spinelli** – Taubenjagd • **Andreas Steinhöfel** – Die Mitte der Welt • **Karlijn Stoffels** – Mojsche und Rejsele • **Annika Thor** – Eine Insel im Meer • **Uwe Timm** – Der Schatz auf Pagensand • **Pamela L. Travers** – Mary Poppins • **Mats Wahl** – Winterbucht **| Ausgewählt von der Kinder- und Jugendbuchredaktion der Süddeutschen Zeitung | 2005 – 2006**

D1869185

Christoph Hein

Das Wildpferd unterm Kachelofen

Dieses Buch gehört

____

in diesem Apfelbaum landet
Kleine Adlerfeder
Schatzstelle
POST
Jakob Bergs Haus
hier hat Schnauz einen Purzelbaum geschlagen
der Hund des Herrn Bullerbeißer
die Unbesiegbare

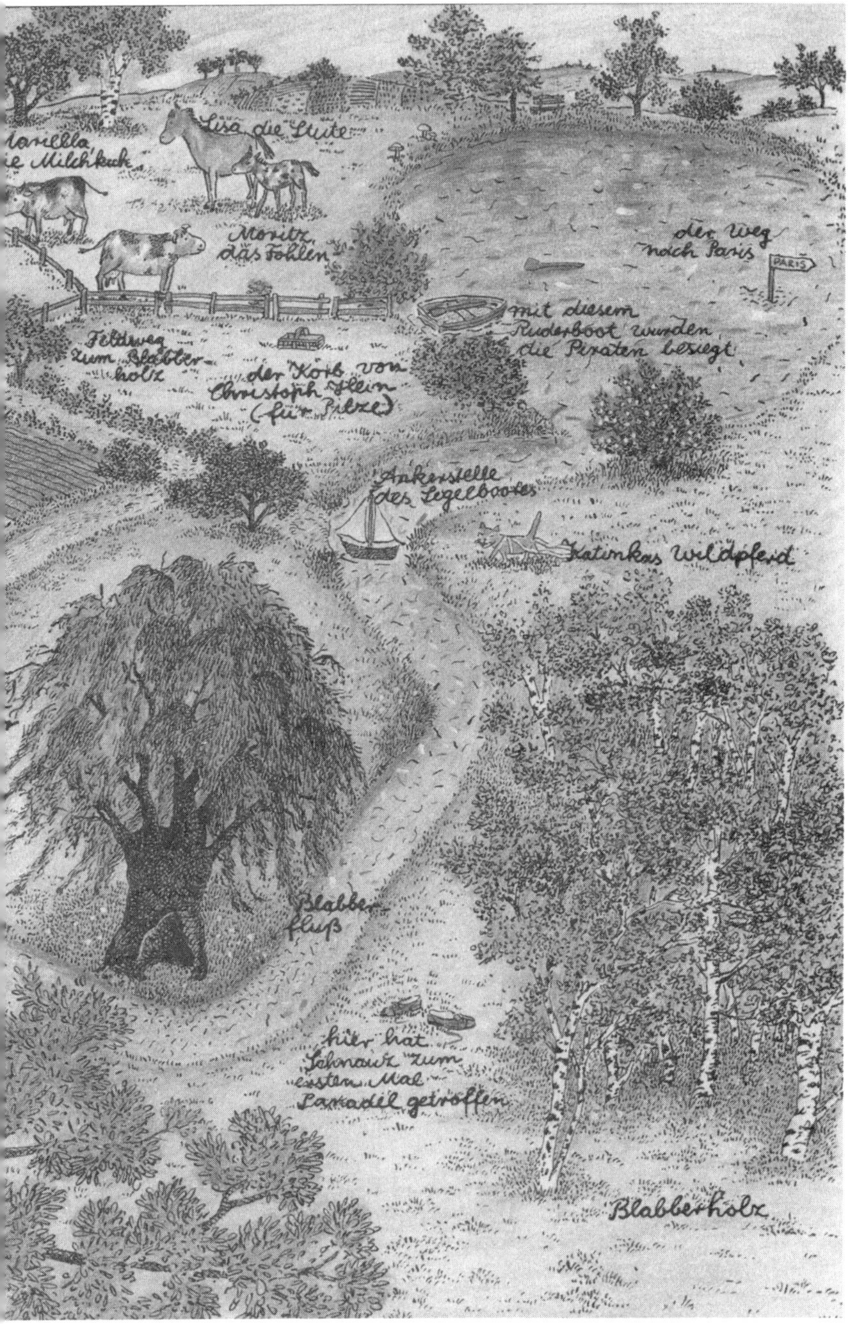
ariella
e Milchkuh
Lisa die Stute
Moritz das Fohlen
der Weg nach Paris
PARIS
mit diesem Ruderboot wurden die Piraten besiegt
Feldweg zum Blabberholz
der Korb von Christoph Klein (für Pilze)
Ankerstelle des Segelbootes
Katinkas Wildpferd
Blabberfluß
hier hat Schnauz zum ersten Mal Paradeil getroffen
Blabberholz

Jakob Borg,
der eine Kiste mit vielen Schätzen besitzt und fünf wunderbare Freunde hat

Schnauz der Esel,
der nicht allzuviel weiß und gern Professor werden möchte

Der falsche Prinz,
der viel träumt, aber auch herrlich Klavier spielen kann und fliegen wie ein Vogel

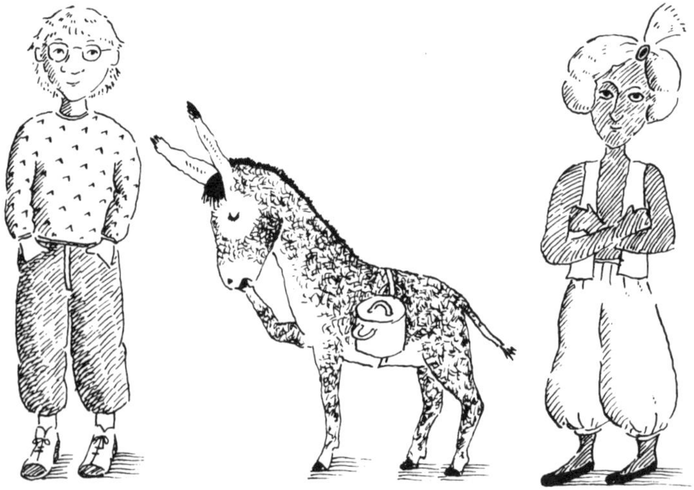

Katinka, die Pferde über alles liebt und eines Tages ein Wildpferd bekommt

Panadel der Clochard, ein Bursche der die Welt kennt wie seine Manteltasche, der Paris und den Ozean gesehen hat und dennoch am liebsten "Dicker Schneiderkarpfen" spielt

Kleine Adlerfeder ein Erfinder und mutiger Entdecker der erstaunlichsten Dinge

Christoph Hein

Das Wildpferd unterm Kachelofen

Ein schönes dickes Buch von Jakob Borg und seinen Freunden

Bilder von Rotraut Susanne Berner
Mit Daumenkino

Süddeutsche Zeitung Junge Bibliothek

Bibliografische Information Der Deutschen Bibliothek
Die Deutsche Bibliothek verzeichnet diese Publikation in der
Deutschen Nationalbibliografie;
detaillierte bibliografische Daten sind im Internet über
http://dnb.ddb.de abrufbar.

Lizenzausgabe der Süddeutschen Zeitung GmbH, München
für die Süddeutsche Zeitung Junge Bibliothek 2006

Programm Beltz & Gelberg
Titel- und Innenillustrationen: Rotraut Susanne Berner
Umschlaggestaltung und Layout: Eberhard Wolf
Projektleitung: Dirk Rumberg
Produktmanagement: Gabriella Hoffmann, Sabine Sternagel
Redaktion: Roswitha Budeus-Budde, Hilde Elisabeth Menzel
Satz: vmi, Manfred Zech
Herstellung: Hermann Weixler, Herbert Schiffers
Druck und Bindearbeiten: Ebner & Spiegel, Ulm
Printed in Germany
ISBN-10: 3-86615-114-4
ISBN-13: 978-3-86615-114-7

Inhalt

Das 1. Kapitel

in dem ich mit Jakob Borg Bekanntschaft mache und von einem gestrandeten Schiff und einer alten, echten Geheimen Schatzkarte höre.

Ich traf Jakob Borg zum ersten Mal im April.

Es war ein Freitag. Ich hatte mein Auto in einer kleinen Straße abgestellt und war zur Post gegangen, um nachzufragen, ob nicht irgendjemand mir einen Brief oder wenigstens eine Ansichtskarte geschrieben habe. Doch keiner hatte an mich gedacht.

Als ich zurückkam, stand ein Junge an meinem Wagen, öffnete die Tür und schlug sie krachend wieder zu. Es schien ihm Spaß zu machen. Ich stellte mich neben ihn.

„Das kracht ganz schön", bemerkte er beiläufig, während er erneut die Tür ins Schloss fallen ließ.

„Na ja", murmelte ich nicht sehr erfreut.

„Ist das dein Auto?", fragte er mich.

Ich nickte.

„Dann bist du wohl jetzt ganz schön sauer, wie?", erkundigte er sich interessiert.

„Sehr gut finde ich's nicht", bestätigte ich seine Frage.

Er ließ die Autotür ein letztes Mal krachend ins Schloss fallen und schlenderte um die Ecke. Als ich an ihm vorbeifuhr, saß er auf dem Bürgersteig und beobachtete eine Meise, die einen Wurm aus der Erde zu ziehen versuchte.

Ein paar Tage später traf ich ihn wieder.
Es regnete.
Es regnete sehr stark.
Jakob Borg stand vor einer Haustür. Er trug ein grünes Regencape und starrte trübsinnig in eine Pfütze.
„Wie geht's", erkundigte ich mich, „langweilst du dich?"
„Ich langweile mich nie", sagte er, ohne mich anzusehen.
Mit einem Stock stocherte er in der Pfütze herum und versuchte, die kleinen Wasserblasen aufzuspießen.

„Hast du denn keine Freunde, mit denen du spielen kannst?"
„Natürlich", sagte er.
„Deine Schulfreunde, nicht wahr?", fragte ich weiter.
Doch er schüttelte den Kopf: „Nein, in die Schule gehen sie nicht."
Dann überlegte er eine Weile und fügte hinzu: „Jedenfalls gehen sie nicht sehr oft dorthin. Sie finden Schule nicht sehr interessant, verstehst du."
„Ja, ja", sagte ich, „das verstehe ich schon. Und wo sind deine Freunde jetzt?"
„Oben", sagte er.
„Oben?"
„Ja, in meinem Zimmer. Katinka und Kleine Adlerfeder, der Falsche Prinz und Panadel der Clochard und Schnauz der Esel."
Er setzte einen schwarzen Käfer auf ein Holzstück, das in der Pfütze schwamm.
„Du hast aber viele Freunde", sagte ich beeindruckt.
„Ja", sagte er und starrte aufmerksam in die Pfütze, in der ein schwarzer Käfer Boot fuhr.
„Woher kennst du sie alle?", wollte ich weiter wissen.
Jakob dachte nach. „Ach, das war ganz verschieden. Den Clochard habe ich auf einem Waldweg gefunden."
„Gefunden?", unterbrach ich ihn.
„Ich habe ihn dort getroffen", erwiderte er, „aber das ist eine lange Geschichte."
„Erzählst du sie mir?"
Jakob befestigte am Boot des schwarzen Käfers ein

kleines Holzstück, das im Notfall als Rettungsboot dienen konnte. Dann ließ er das Boot des schwarzen Käfers im Hafen einlaufen und Anker werfen. Und endlich begann er zu erzählen:

Wie Schnauz der Esel Panadel den Clochard kennen lernte und dabei entdeckt wurde.

An einem Nachmittag war Jakob Borg mit dem Falschen Prinzen und Schnauz dem Esel aus der Stadt hinausspaziert. Sie liefen auf einem Feldweg, der zum Blabberholz, einem Birkenwäldchen, führte und an dem rechts und links Büsche mit Brombeeren und wilden Himbeeren standen. Jakob Borg lief, ohne sich umzusehen, vornweg, und der Falsche Prinz bemühte sich, ihm zu folgen.

Der Falsche Prinz war ein dunkelhäutiger Afrikaner, der irgendwann einmal bei Jakob Borg aufgetaucht war und seitdem bei ihm wohnte. Er trug stets einen grünen Turban und weiße Seidenhosen mit einer roten Weste. Er besaß eine sanfte, angenehme Stimme, und wenn er sang und sich selbst dabei am Klavier begleitete – er spielte vorzüglich Klavier –, war Katinka ganz verzückt. Sie behauptete, er wäre ein richtiger Künstler.

Wie der Falsche Prinz zu seinem Namen kam, konnte keiner genau erklären.

Wenn man ihn selbst fragte, so sagte er: „Das ist sehr einfach. Ich bin eben kein richtiger Prinz, sondern ein falscher. Und darum heiße ich auch so.“

Aber das erklärt natürlich nicht sehr viel.

Die beiden Freunde liefen also auf dem Feldweg und Schnauz der Esel trottete gemächlich hinterdrein. Er hatte sein Kochgeschirr umgehängt, das er bei Spaziergängen immer bei sich trug, falls es etwas Essbares als Wintervorrat zu sammeln gäbe. Er pflückte sich rechts und links die schönsten und schwärzesten Brombeeren ab, steckte sie allerdings nicht in das Kochgeschirr, sondern aß sie gleich. Er hatte immer Hunger. Er konnte sich nicht erinnern, jemals richtig satt gewesen zu sein. Das jedenfalls war seine Ansicht darüber. Tatsächlich würde er auch nach der ausgiebigsten Mahlzeit nie eine angebotene Schokoladenwaffel oder gar einen Karamellpudding ausschlagen. Nur dass es ihm keiner anbot. So naschte er an den Büschen und versuchte, nicht immerzu an seinen knurrenden Magen zu denken. Und ab und zu, wenn er zu weit zurückgeblieben war, galoppierte er auf allen vieren den Freunden hinterher. Dabei warf er wehmütige Blicke auf die vielen Brombeeren, an denen er vorbeieilen musste.
Jakob Borg stampfte mit kurzen, energischen Schritten immer weiter, wobei er laut vor sich hin redete. Er war an diesem Nachmittag sehr wütend.
„Fünfmal Ärger an einem Tag, das ist zu viel. Erst haben mich die Großen an die Wand geschubst. Und dann hat mich der Hausmeister angeschnauzt, als ob ich daran schuld wäre. Und dann hat mich die Lehrerin und die ganze Klasse ausgelacht, weil ich mich nicht traute, über so einen dummen, dummen Balken zu laufen. Und in der Pause hat mich ein Mäd-

chen ‚Brillenschlange' genannt. Und zu Hause hat Papa gleich gesagt, ich soll bloß ruhig sein und ihn nur nicht stören. Fünfmal Ärger an einem einzigen Tag, stell dir das einmal vor, Falscher Prinz!"
Er drehte sich um und funkelte den Falschen Prinzen so wütend an, dass dieser vor Schreck kein Wort herausbrachte.
„Sei froh", schimpfte Jakob, „dass du nicht in diese dämliche Schule gehen musst!"
Der Falsche Prinz beeilte sich, zustimmend zu nicken. In Wahrheit wäre er sehr gern in die Schule gegangen. Er träumte oft, für eine Woche oder auch nur für einen Tag die Schule zu besuchen. Er dachte an Katinka, die zu Hause geblieben war. Katinka hatte ihm gesagt: „Die Schule, mein Lieber, ist das Schönste auf der Welt. Am liebsten würde ich mein ganzes Leben lang in die Schule gehen."
Jakob Borg nahm sie nämlich jeden Morgen zum Unterricht mit und sie half ihm daheim bei den Hausaufgaben.
So unterhielten sich die beiden Freunde darüber, wie viel Ärger es doch im Leben gibt und wie seltsam es ist, dass verschiedene Leute ganz verschiedene Ansichten zu ein und derselben Sache haben können – wie etwa der Schule. Und wann immer der Esel sich von den Brombeeren losriss und den beiden hinterhergaloppierte, musste er feststellen, dass sie ihn überhaupt nicht vermissten. Sie sprachen unentwegt von der Schule und keiner dachte an Schnauz den Esel.
Schnauz war verärgert. Wenn es etwas gab, was ihn

kränkte, so war es, nicht beachtet zu werden. Und Gespräche über die Schule liebte er schon gar nicht.
„Ach ja“, klagte der kleine Esel, „nach meiner Ansicht wird Schule und so was zu wichtig genommen. Schließlich besteht das Leben auch noch aus anderen Dingen.“
Der Gedanke an Unterricht und vor allem an Kopfrechnen verursachte bei ihm eine Gänsehaut, soweit das bei einem Esel möglich ist. Katinka bemühte sich nämlich, ihm Rechnen beizubringen. Sie stellte ihm unangenehme Fragen und war furchtbar streng dabei.
„Also wie viel ist zwei und eins?“, fragte Katinka mitleidslos.
Und wenn Schnauz dann die Augen rollte und verzweifelt mit dem Schwanz wedelte und hilflos zu den Freunden sah, sagte sie ganz spitz: „Nun, wird’s bald, Schnauz?“

Sehr sicher war sich der kleine Esel bei seinen Antworten nie. „Es ist bestimmt nicht mehr als vier oder fünf“, murmelte er verlegen. Und um Katinka zu besänftigen, fügte er schnell hinzu: „Ich weiß genau, wie viel es ist. Es fällt mir im Augenblick nur nicht ein. – Vielleicht zwei?“

Katinka rümpfte die Nase und tat furchtbar entsetzt. Aber was konnte er dafür, dass ausgerechnet, wenn Katinka ihm Rechenaufgaben stellte, sein Magen zu knurren anfing. Und wenn man Hunger hat, kann man einfach an nichts anderes denken. Jedenfalls nicht, wenn man ein kleiner Esel ist und einen Hunger hat, wie ihn wohl nur ein Esel haben kann. Nein, Gespräche über die Schule liebte er nicht. Und nicht beachtet zu werden war noch schrecklicher.

So war er bis an den Rand des Blabberholzes gelangt, wo ein Fluss sich dahinschlängelte. Es war ein kleiner Fluss. Ein einziger Schritt reichte aus, um von einem Ufer zum anderen zu gelangen. Es war wirklich ein winziger Fluss.

Schnauz legte sich in das hohe Gras und hing seinen Gedanken nach. „Ach ja, sie haben mich vergessen. Sie haben ihren kleinen Esel einfach vergessen“, sagte er trübsinnig. „Ich werde hier liegen bleiben, keiner wird mich vermissen.“

Er dachte nach und wurde dabei immer unglücklicher. „Vielleicht sterbe ich hier und keiner wird eine Träne weinen. Vielleicht muss ich sogar verhungern und keiner, keiner wird sich um mich kümmern. Ach ja, ach ja.“

Ihm war sehr elend zumute. Mehrmals klagte er sein „Ach ja“, wie das die Esel so tun. Um sich zu trösten, versuchte er, sich den Geschmack eines Rosinenbrotes in Erinnerung zu rufen, das er in der vorigen Woche gegessen hatte. Aber dabei wurde ihm ganz wehmütig. Die Fliegen summten und die Hummeln brummten träge und der kleine Fluss plätscherte dahin. Und eben wollte Schnauz der Esel seinen rechten Vorderhuf ins Maul stecken und ein wenig daran nuckeln, weil man so am besten seinen Kummer vergessen kann, als plötzlich ein merkwürdiger, krächzender Gesang in seiner Nähe ertönte.

„Ein Segel, ein Tau, ein Wind hinterdrein,
hej, hej, und 'ne Buddel voll Rum!
Das braucht ein Seemann, um glücklich zu sein,
hej, hej, und 'ne Buddel voll Rum.“

Schnauz sprang auf und tapste vorsichtig in die Richtung, aus der der Gesang kam. Vor ihm im Gras lag ein recht zerlumpter Bursche mit einem Mantel voller Flicken und voll gestopften Taschen. Auf seinem Kopf saß ein verbeulter Hut, der mit einer Mohnblume geschmückt war.

Es war Panadel der Clochard.

Die Clochards leben an allen Ecken der Welt, sie sind überall zu Hause. Geld und Besitz haben sie nicht, nicht einmal einen Kamm. Nur ein paar Lumpen. Aber das ist ihnen egal. Sie wollen nichts besitzen, sie wollen nur leben und frei sein. Am liebsten bummeln sie den ganzen Tag herum, liegen im Gras und lassen sich von der Sonne bescheinen. Sie haben immerzu Urlaub. Wenn man mit ihnen spricht, sagen sie, sie seien die Könige der Welt. Und irgendwie stimmt das auch. Irgendwie sind sie Könige, so wie Zirkusdirektoren, Flieger oder Lokomotivführer.

Sie leben von dem, was sie finden, und ernähren sich von Brot und Käse. Es heißt, einige der Clochards seien Millionäre, reiche Leute also. Wenn man sie fragt, lachen sie bloß. Geld brauchen sie nicht, sagen sie, jedenfalls haben sie keins. Sie würden auch nur darauf spucken. Geld sei dafür ganz wunderbar, sagen sie, zum Draufspucken.

Gesagt werden muss auch, dass die Clochards in ihren Manteltaschen immer eine Rotweinflasche stecken haben. Wenn sie unglücklich sind, sehr unglücklich, dann blicken sie in die Flasche. Die Welt wird dann schön, sagen sie, wenn sie tief, sehr tief, zu tief in die Rotweinflasche gucken. Sie sind etwas versoffen, die Clochards. Die Weinflasche hilft nicht viel, das wissen sie selbst, denn am nächsten Morgen ...

Aber reden wir nicht davon. Selbst die schönste Rose hat ihre Dornen und auch die Clochards, diese heimlichen Könige der Welt, sind nicht ohne Fehler.

Panadel der Clochard rekelte sich erstaunt und fragte den kleinen Esel: „Wo kommst du denn her?"

„Von zu Hause", antwortete Schnauz ganz zaghaft und dabei deutete er mit seinem Huf auf den Feldweg.

Der Clochard schien über die Antwort erfreut zu sein: „Ah, und ich fürchtete schon, auf einer unbewohnten Insel gestrandet zu sein."

„Auf einer Insel?", wunderte sich der Esel.

„Ja", nickte Panadel, „ich hasse es, auf unbewohnten Inseln zu stranden. Sie sind so einsam. Es fehlt einfach an Gesellschaft, die Schar der lustigen Freunde, wenn du verstehst, was ich meine."

„Ich glaube nicht", sagte Schnauz kopfschüttelnd, „dass wir auf einer Insel wohnen. Jedenfalls habe ich noch nie davon gehört."

„Doch, doch", unterbrach ihn der Clochard, „es ist eine Insel. Und ich habe sie entdeckt. Ich werde ihr einen Namen geben müssen. Was hältst du davon, wenn ich sie ‚Insel des Clochards' nenne?" Er war aufgestanden und schaute sich um, als ob er seine Insel überblicken wollte. Dann wandte er sich an den Esel und sagte so nebenbei: „Und dir werde ich auch einen Namen geben. Lass mich überlegen."

Damit aber war Schnauz überhaupt nicht einverstan-

den. Er versicherte dem Clochard, dass er bereits einen schönen Namen habe.
Panadel war verblüfft. „Wieso? Ich habe dich eben erst entdeckt. Wieso hast du schon einen Namen?"
Aber darauf konnte ihm der kleine Esel keine Antwort geben.
„Sehr merkwürdig", murmelte der Clochard düster, „es scheint, diese Insel steckt voller Geheimnisse."
„Was heißt das, du hast mich entdeckt?", fragte Schnauz ängstlich. Ihm war bei dem Gedanken, entdeckt zu sein, etwas unheimlich.
Der Clochard sagte nachlässig: „Das heißt, dass ich dich und deine Insel entdeckt habe. Und dass diese Insel nun mir gehört. Das ist nun mal so üblich, da ich der Entdecker bin. Und du bist ein Eingeborener und musst mich höflich und zuvorkommend behandeln."
Er machte eine kurze Pause und fuhr dann fort: „Was hältst du von einem kleinen Imbiss?"
„Ich hab auch schon daran gedacht. Ach ja", stimmte ihm Schnauz zu und sah ihn erwartungsvoll an.
Die Manteltaschen des Clochards waren prall gefüllt und der kleine Esel hatte sich seine Gedanken über ihren Inhalt gemacht.
„Ich dachte an ein Schinkenbrot und eine Käseplatte", schlug Panadel vor.
„Und vielleicht noch etwas Pudding!", fügte Schnauz hinzu. Der Clochard wurde ihm immer sympathischer.
„Aber ein gut zubereiteter Kartoffelsalat ist auch etwas Feines", belehrte ihn der Clochard.

Schnauz nickte und musste erst einmal schlucken, bevor er weitersprechen konnte: „Besonders, wenn es hinterher Karamellpudding gibt!"
Der Clochard nickte zufrieden: „Ich sehe, wir verstehen uns." Er machte mit der Hand eine großmütige Geste, wobei ihm der Ärmel seines Mantels einriss.
Es trat eine Pause ein, in der sich die beiden erwartungsvoll ansahen. Schließlich fragte der Clochard: „Was ist nun mit dem Essen?"
Schnauz der Esel öffnete sein Kochgeschirr, in dem er die Wintervorräte sammelte, und blickte hinein. Es war noch immer so blitzblank wie an jenem Tag, an dem Katinka es ihm geschenkt hatte. Betrübt stellte er fest: „Es ist leer. Kein Pudding und kein Nichts."

„Dumm, sehr dumm", stöhnte der Clochard. „Meine Vorräte sind mit dem Schiff untergegangen. Ich habe nichts retten können."
Schnauz fragte entsetzt: „Waren es sehr viele Vorräte?"
„Ja. Das ganze Schiff voll."

„Ach ja. Ach ja“, stöhnte der Esel und schwieg dann lange. Schließlich atmete er tief durch und fragte: „Was für ein Schiff?“
„Das Schiff, mit dem ich auf diese Insel gekommen bin. Über die großen Wasser“, antwortete der Clochard und wies mit seiner Hand auf den kleinen Fluss.
„Auf unserem Fluss können keine Schiffe fahren“, wandte Schnauz ein, „er ist zu klein dafür.“
„Ich weiß“, stimmte ihm der Clochard düster zu. „Darum ist mein Schiff auch zerschellt. In hunderttausend Stücke zerschellt. Und ich bin der Einzige, der sich retten konnte.“
„Waren denn noch mehr Leute an Bord?“, wollte der Esel wissen, aber der Clochard ließ sich nicht unterbrechen.
„Ein armer, elender Schiffbrüchiger. Ausgesetzt auf einer einsamen, menschenleeren Insel, hungrig, fast verdurstet. Und kein Schiff am Horizont, das ihn retten kann.“ Dem Clochard waren bei diesen Worten die Tränen in die Augen getreten. Er tat sich sehr Leid.
„Waren noch andere Leute auf dem Schiff?“, fragte der Esel wieder.
Panadel sah ihn an und überlegte: „Ich glaube nicht. Jedenfalls habe ich keinen bemerkt.“
„Merkwürdig, dass du nicht einmal weißt, ob du allein auf dem Schiff warst“, wunderte sich Schnauz.
Aber der Clochard erwiderte: „Das ist überhaupt nicht merkwürdig. Ich bin viel zu hungrig, um darüber nachdenken zu können.“

Das konnte der kleine Esel gut verstehen.
„Aber soviel ich mich erinnere“, fuhr der Clochard fort, „war ich allein auf dem Schiff.“
„Allein mit den vielen Vorräten. Ach ja“, fügte Schnauz melancholisch hinzu.
Der Clochard nickte bestätigend: „Ja. Und jetzt vermisse ich sie sehr. Wenn man den ganzen Tag schwer gearbeitet hat, bekommt man natürlich Hunger.“
„Was hast du gearbeitet?“, erkundigte sich Schnauz. Er hatte angenommen, dass der Clochard nur im Gras gelegen und sich gesonnt hatte. Doch Panadel der Clochard sagte großspurig: „Oh, ich habe über das Rätsel der verschwundenen Dinge nachgedacht.“
„Das Rätsel der verschwundenen Dinge? Was ist das?“, fragte der Esel atemlos.
„Nun“, sagte der Clochard eindrucksvoll, „nun, das Rätsel lautet: Warum verschwinden einige Dinge plötzlich und tauchen nach einiger Zeit ebenso plötzlich wieder auf?“
„Tun das die Dinge wirklich?“, erkundigte sich Schnauz ungläubig.

„Selbstverständlich. Sie tun eigentlich nichts anderes, als zu verschwinden und wieder aufzutauchen.“ Panadel der Clochard senkte seine Stimme, bevor er weitersprach. „Heute wäre ich fast über meine Lackschuhe gestolpert, die ich eine Woche lang vergeblich suchte. Sie waren verschwunden. Nun fiel ihnen plötzlich ein, genau auf dieser Wiese zu erscheinen. Ich habe sie gleich in meine Manteltasche gesteckt, aber es hat nicht viel geholfen. Sie sind schon wieder verschwunden.“
„Das wundert mich nicht“, sagte Schnauz der Esel. „Sie werden herausgefallen sein. Deine Manteltaschen sind viel zu voll.“
Der Clochard schüttelte missmutig den Kopf. „Unsinn. Erstens hatte ich sie zuunterst hingesteckt. Und zweitens findet man natürlich für jedes Rätsel eine Erklärung, wenn man nicht nachdenkt.“
Er schwieg verärgert, bis Schnauz der Esel schließlich vorschlug: „Wenn du Hunger hast, sollten wir zu Jakob Borg und Katinka gehen. Sie werden dir sicher etwas zu essen geben.“
„Wer ist Jakob Borg? Und wer ist Katinka?“

„Meine Freunde. Wir können gleich zu ihnen gehen."
„Eingeborene also", stellte der Clochard fest und stand auf. „Gehen wir."
Als sie zu Hause angelangt waren, sagte Schnauz der Esel stolz zur Kleinen Adlerfeder: „Er hat mich entdeckt, Kleine Adlerfeder. Der Clochard hat mich entdeckt. Ach ja. Ach ja!" Und dann fügte er etwas ratlos hinzu: „Wenn ich nur wüsste, was das bedeutet."

Kleine Adlerfeder, der später selbst einmal Entdecker werden wollte, wusste es auch nicht. Niedergeschlagen fragte er: „Meinst du, ich werde auch einmal jemanden entdecken?"
„Das wirst du sicher, Kleine Adlerfeder. Es ist nicht schwer. Ach ja", beruhigte ihn der Esel.
Doch Kleine Adlerfeder grübelte weiter: „Angenommen, ich treffe jemanden. Wie bekomme ich he-

raus, ob ich ihn entdeckt oder einfach nur getroffen habe?"

Die beiden waren ratlos.

„Es muss da irgendein Geheimnis geben, wenn man Entdecker werden will."

Kleine Adlerfeder schniefte kräftig, weil er zwar immer eine Schnupfnase, aber selten ein Taschentuch besaß. Die beiden trauten sich nicht, den Clochard zu fragen.

Jakob Borg aber sagte sich, nachdem er am Abend den Clochard zu Bett gebracht hatte: „Es gibt zwar eine Menge Ärger in meinem Leben, aber auch eine Menge Überraschungen."

Und er war mit dem Tag ganz zufrieden.

Schnauz der Esel und Panadel der Clochard schliefen nebeneinander. Sie unterhielten sich bis in die tiefe Nacht über Kochrezepte. Das heißt, Panadel erzählte von der Zubereitung eines Honigomeletts und wie man eine türkische Pflaumentorte bäckt, und Schnauz hörte ihm verzückt zu. In Gedanken kostete er von den Speisen und sagte hin und wieder: „Ach ja, die Welt steckt voller Wunder."

Und gelegentlich fügte er hinzu: „Und ein guter Imbiss ist eines der schönsten. Ach ja."

In dieser Nacht träumte der kleine Esel, dass er an einem großen gedeckten Tisch saß. Er war schon beinah satt und Panadel der Clochard brachte immer mehr wunderbare Speisen. Und alle waren nur für ihn. Es war ein so schöner Traum, dass er sogar im Schlaf schmatzte.

„Und was geschah dann?", fragte ich.
Das Boot des schwarzen Käfers wurde von einer unerwarteten Springflut hin- und hergerissen. Jakob war mit seinen Gummistiefeln mitten in die Pfütze gesprungen, dass es nur so spritzte.
„Was geschah weiter mit dem Clochard?"
„Er wohnt jetzt bei mir", sagte Jakob.
„Bei dir?"
„Ja, bei mir und den anderen Freunden."
„Wo schlafen sie denn?", wollte ich wissen, „haben sie alle ein Bett?"

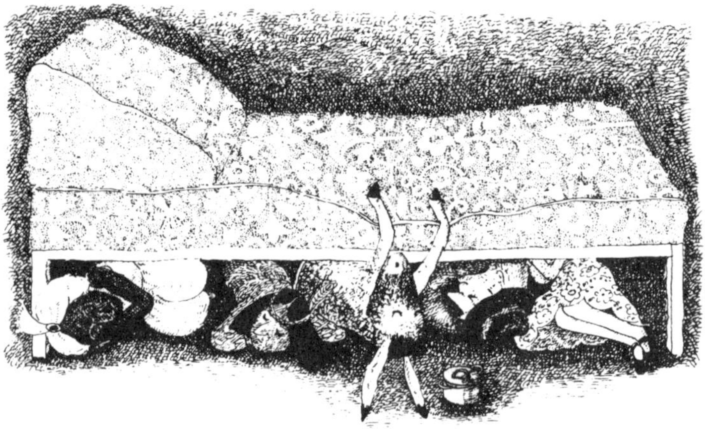

„Ach, weißt du", entgegnete er, „eigentlich schlafen sie unter dem roten Sofa in meinem Zimmer. Aber manchmal schlafen sie auch in meinem Bett. Und manchmal schlafe ich mit ihnen unter dem roten Sofa. Und manchmal schlafen sie in meinem Bett und ich unter dem Sofa. Das ist ganz verschieden, verstehst du."

Ich nickte.
Wir standen im Regen und beobachteten den Käfer, der auf seinem Boot auf und ab lief.
„Erzähl mir noch etwas von deinen Freunden", forderte ich Jakob auf.
Jakob steckte die Hände in die Taschen seines Regencapes und überlegte. Und dann begann er die Geschichte zu erzählen:

Wie Jakob Borg auf Schatzsuche ging und auf ein fürchterliches Erdbeben stieß.

Jakob Borg besaß eine rote Kiste mit einem Deckel, in der er die wunderbarsten Sachen aufbewahrte. Das Schönste von allem aber war eine alte, echte „Geheime Schatzkarte", auf die er besonders stolz war. Daher waren auch alle sehr aufgeregt, als er eines Tages so nebenbei erklärte: „Ich denke, am Sonntag sollten wir auf Schatzsuche gehen. Um einen Schatz zu finden, ist ein Sonntag besonders geeignet."
Das fanden die anderen auch und mit großem Eifer machten sie sich an die Vorbereitungen.
Da keiner genau wusste, in welcher Gegend der Schatz lag, hatte man beschlossen, dass die Expedition in aller Frühe aufbrechen sollte, und das hieß zwei Minuten nach dem Frühstück.
Die Schwierigkeit war, jene Stelle zu finden, an der der Schatz lag. Natürlich besaßen sie die Geheime Schatzkarte, auf der die Fundstelle eingezeichnet war, aber sie wussten nicht, in welcher Gegend sie lag, in wel-

chem Teil der Landschaft sie suchen sollten. Und das war tatsächlich ein Problem, denn – wie der Clochard sehr richtig bemerkte – „Landschaft gibt es eigentlich überall. Man kann laufen und laufen und laufen, überall ist Landschaft."

Aber die Freunde waren zuversichtlich.

Jakob Borg sagte: „Wenn wir eine Geheime Schatzkarte besitzen, wird sich auch die dazugehörige Landschaft finden."

Und das hörte sich vernünftig an.

So marschierten sie also los. Jakob Borg und der Falsche Prinz zogen einen Handwagen hinter sich her, auf dem das Schatzgräberwerkzeug lag: ein Spaten, eine Schaufel und ein Buddeleimer. Und vor allem standen da noch der Picknickkorb darauf und die Brauseflaschen.

Ein Picknickkorb gehört nämlich unbedingt zu einer richtigen Schatzgräberausrüstung. Und Brauseflaschen natürlich auch.

Katinka bemerkte hochnäsig: „Ich halte überhaupt nichts von der ganzen Schatzsucherei. Aber ich will den Jungs nicht den Spaß verderben."

Sie hatte sich sehr fein gemacht. Sie trug ein rosarotes Tüllkleid und weiße Sandalen. In ihrem Haar steckte eine blassblaue Schmetterlingsschleife, ihre Sonntagsschleife. Sogar die Fingernägel hatte sie sich lackiert.

Als Kleine Adlerfeder sie sah, meinte er zweifelnd: „Ich bin nicht sicher, ob das die geeignete Kleidung für eine Schatzsuche ist."

„Geeignet oder nicht geeignet", widersprach ihm der Falsche Prinz, „auf jeden Fall sieht sie sehr hübsch aus." Er bewunderte Katinka.

Auch Panadel der Clochard war nicht wiederzuerkennen. Katinka hatte den ganzen Sonnabend an ihm herumgeflickt und -geputzt und der Clochard hatte sich fügen müssen. Er trug nun einen richtigen Anzug, fast ohne Fettflecke. Selbst zwei Schuhe hatte er an, wenn auch der eine ein schwarzer Lackschuh und der andere eine weiße Sportsandale war. An seinem Hals baumelte eine Krawatte. Sie erinnerte an die Gardine in Jakob Borgs Zimmer. Sogar eine geplatzte Naht an seinem Kopf, aus der schon die Holzwolle hervorsah, hatte Katinka säuberlich und mit rotem Garn zugenäht. Der Clochard sah fast wie ein vornehmer Herr aus.

Panadel war weniger zufrieden: „Eine Affenschande, so aufgeputzt herumzulaufen. Fehlte nur noch, dass mich Katinka mit ihrem Parfüm übergießt."

Während Jakob Borg und der Falsche Prinz also schwitzend den Handwagen zogen – sie hatten einen besonders großen Handwagen genommen, falls sie einen besonders großen Schatz finden sollten –, unterhielten sich Kleine Adlerfeder, Panadel der Clochard, Katinka und Schnauz der Esel über das bevorstehende Ereignis. Sie waren sich uneins darüber, was es für ein Schatz sein würde.

„Es wird eine große Schüssel mit Karamellpudding sein, die dort jemand vergraben hat", meinte der Esel zuversichtlich.

Doch Kleine Adlerfeder sagte: „Vielleicht ist es ein Taschenmesser. Eins mit drei Klingen und einer Schere und einem Korkenzieher." Und dabei schniefte er laut in sein Taschentuch, denn eine Schnupfnase hatte er eigentlich immer.

Der Clochard widersprach den beiden: „Gold ist es natürlich, Gold. Habt ihr denn nie gehört, dass ein Schatz ein riesiger, runder Goldklumpen ist!"

Aber Schnauz der Esel gab seine Hoffnung nicht auf: „Es könnte auch eine Schüssel mit Karamellpudding sein. Es wäre möglich, dass eine ungenannt bleibende Person durch den Wald ging, um dort Pudding zu essen. Plötzlich hat die ungenannt bleibende Person es sich anders überlegt und die große Schüssel mit Karamellpudding genau dort vergraben, wo der Schatz eingezeichnet ist."

Nur Katinka blieb gelassen. „Ich würde mich am meisten freuen, wenn der Schatz eine weiße Garnrolle wäre. Ich hab vor ein paar Tagen mein weißes Garn verlegt und kann's und kann's nicht wiederfinden. Man denkt gar nicht, wie dringend man in einem Haushalt weißes Garn benötigt. Das merkt man immer erst, wenn es einem fehlt."

Die Expedition war noch nicht weit gekommen, nämlich bis zum Stadtpark, als Schnauz einen Vorschlag machte. „Ich meine, wir sollten den Picknickkorb jetzt aufessen. Ein wichtiger Teil der Schatzsuche wäre dann erledigt und wir könnten uns umso eifriger dem restlichen Teil widmen."

Jakob Borg stimmte ihm zu: „Ja, und ein leerer Picknickkorb ist leichter zu ziehen als ein voller."

Und da der Stadtpark mit seiner großen Liegewiese und den schattigen Bäumen für ein Picknick wirklich geeignet war, machten sie Rast.

Katinka war allerdings nicht einverstanden.

„Es ist doch nicht möglich, dass man zehn Minuten nach dem Frühstück schon wieder Hunger haben kann."

Aber schon bald darauf musste sie sich überzeugen, dass es doch möglich war, denn der Korb war leer. Die vielen belegten Brote, die gebratenen Hühnerkeulen, der Kartoffelsalat und der Pudding waren verschwunden, als hätte es sie nie gegeben.

Alle lagen im Gras, satt und zufrieden. Katinka lag mit ihrer Decke ein Stück abseits und sonnte sich. Dem Esel erklärte sie: „Ich denke, die frische Luft und der Sonnenschein werden meinem Teint bekommen."

„Deinem was?“, fragte Schnauz erschrocken.
„Meinem Teint. Weißt du denn nicht, was das ist?“
„Ach ja. Selbstverständlich weiß ich das. Ich habe das früher auch mal gehabt.“
Katinka war empört. „Wie dumm du bist. Mein Teint, das ist meine Haut.“
Der Esel war ganz verlegen und murmelte: „Ach ja. Jaja. Ich weiß, ich hatte es nur vergessen.“
Er musterte sie von oben bis unten und von unten bis oben und fragte schließlich: „Was ist mit deiner Haut? Irgendwas nicht in Ordnung?“
Aber Katinka gab ihm keine Antwort. Sie rümpfte verächtlich die Nase und drehte sich auf den Bauch.
Schnauz ging zu den anderen und sagte besorgt: „Hört mal, ich glaube, Katinka ist krank. Sie spricht so eigenartig von ihrer Haut.“
Katinka, die es gehört hatte, fauchte wütend: „Halt endlich den Mund, Schnauz. Du bist ein entsetzlich dummer Esel und ich will nichts mehr hören.“
Und dabei drehte sie sich wieder auf ihrer Decke, damit die Sonne sie überall bräunen konnte.
Der kleine Esel war hilflos. Er verstand nicht, warum Katinka auf ihn wütend war.
Der Clochard tröstete ihn: „Dass mit Katinka irgendwas nicht stimmt, weiß ich schon lange.“
Er flüsterte es so leise, dass sie ihn nicht hören konnte.
Jakob Borg lief derweil im Stadtpark umher. Mit großen Schritten stapfte er von Baum zu Baum und wurde immer aufgeregter.

Schließlich kam er atemlos zu den Freunden gerannt und verkündete: „Wir haben es gefunden."
Schnauz, der im Gras lag und über den Teint nachdachte, fragte schläfrig: „Ach ja? Was meinst du? Was haben wir gefunden?"
„Die Schatzgegend! Wir haben die Schatzstelle gefunden!"
Im Nu war alles auf den Beinen und drängte sich um Jakob Borg.
Nur Katinka tat, als habe sie nichts gehört, und blieb auf der Decke liegen.
Jakob Borg entrollte den Geheimen Schatzplan und strich ihn auf der Wiese glatt. Auf dem großen Bogen waren Kreuze und Kreise, Linien und Pfeile gemalt. Auf dem unteren Rand standen die Erläuterungen. Die Kreuze sollten große Bäume bedeuten und die Kreise waren Häuser. Dann war da noch eine Kirche, zwei Landstraßen, fünf Feldwege und ein Fluss mit einer Brücke eingezeichnet. Obendrüber war ein schrecklicher Totenkopf zu sehen mit zwei gekreuzten Knochen. Der Schatz war als fetter, roter Punkt zwischen zwei besonders dicken Kreuzen eingemalt. Er musste also zwischen zwei mächtigen Bäumen zu finden sein.
Es war ein sehr alter Geheimer Schatzplan, ungefähr eine Woche alt. Jakob Borg hatte einen ganzen Nachmittag daran gemalt.
Die Freunde starrten auf den Geheimen Schatzplan, betrachteten dann lange den Stadtpark und verglichen ihn immer wieder mit der Zeichnung. Der Clochard

hatte sogar eine Brille aus einer seiner Taschen gezogen und sich auf die Nase gesetzt.

Als Jakob Borg ihn so sah, sagte er: „Deine Brille ist nutzlos. Sie hat keine Gläser."

„Ja, die Gläser habe ich herausgeschlagen. Es ist zu gefährlich", belehrte ihn Panadel, „mit Glas kann man sich leicht verletzen."

„Und warum trägst du sie?", wollte Jakob Borg wissen.

„Sie erinnert mich an etwas sehr Schönes", antwortete der Clochard verträumt. „Es war etwas Wunderschö-

nes. Leider habe ich vergessen, was es war", gestand er freimütig.
Jakob Borg wunderte sich. „Wie kann dich die Brille an etwas erinnern, was du vergessen hast?"
Der Clochard aber beharrte darauf: „Das ist durchaus möglich. Wenn ich die Brille aufsetze, dann erinnere ich mich an meine schöne Erinnerung, auch wenn ich sie vergessen habe."
„Das ist sehr merkwürdig."
„Ja, das Leben steckt voller Überraschungen", sagte der Clochard schwermütig.
Dann betrachteten sie wieder den Geheimen Schatzplan und den Stadtpark, und ein ungewisses Gefühl beschlich sie. Sehr viel Ähnlichkeit war nicht zu entdecken.
Der Falsche Prinz lief einmal um den Park herum und sah ihn sich von allen Seiten an. Als er zurückkam, schüttelte er verzweifelt den Kopf und sagte nur: „Ich fürchte, ich fürchte ..."
Aber Jakob Borg blieb dabei, dass dies die richtige Stelle war: „Ihr dürft nicht vergessen, dass der Geheime Schatzplan sehr, sehr alt ist. In der Zeit hat sich viel verändert."
Schnauz der Esel stimmte ihm zu. „In einer Woche kann viel passieren. Ich erinnere mich, dass ich vor einer Woche einen schrecklichen Heißhunger auf gefüllte Eierkuchen hatte. Und heute sehne ich mich nach Karamellpudding."
Kleine Adlerfeder ließ sich nicht davon überzeugen: „Aber wo sind die Häuser? Und wo ist der Kirchturm?"

Wieder sahen sich alle im Stadtpark um, aber es war keine Kirche und kein Haus zu entdecken. Nicht einmal eine kleine Hütte war zu sehen.
Jakob Borg gab jedoch zu bedenken: „Vielleicht war hier in der vorigen Woche ein Erdbeben. In diesem Fall wäre es nicht verwunderlich, dass wir keine Häuser sehen."
Alle starrten Jakob Borg überrascht an und Panadel sagte bewundernd: „Das ist eine vorzügliche Idee, Jakob."
Jakob Borg nickte gelassen und sagte zu dem Clochard: „Vielleicht könntest du dich irgendwo erkundigen, ob in der vorigen Woche ein Erdbeben im Stadtpark war. Eins, bei dem vier Häuser und ein Kirchturm verschwanden."
Panadel der Clochard blickte sich um. Aber er sah keinen Menschen, den er hätte fragen können.

Und da er kein Freund weiter Spaziergänge war, entschied er unwiderruflich: „Selbstverständlich war hier ein Erdbeben. Ein Erdbeben oder etwas Ähnliches. Irgendwie müssen die Häuser ja verschwunden sein."
Kleine Adlerfeder hatte Bedenken: „Und der Fluss? Wo ist der Fluss geblieben?"
„Der ist beim Erdbeben auch verschwunden. Ist alles beim Erdbeben verschwunden. Ratzekahl", sagte der Clochard vergnügt.
„Ein Fluss kann nicht einfach verschwinden. Irgendwo muss er geblieben sein."
Alle überlegten, was mit dem Fluss passiert sein könnte. Schnauz der Esel streckte plötzlich einen Huf in die Höhe und sagte: „Vielleicht ist er unsichtbar."
Die Freunde starrten ihn fassungslos an, aber Schnauz fuhr unbeirrt fort: „Ja, vielleicht kam während des Erdbebens eine Fee hier vorbei und hat den Fluss verzaubert."
„Unsinn", knurrte der Clochard ärgerlich.
Auch der Falsche Prinz war nicht zu überzeugen: „Erstens gibt es meines Wissens überhaupt keine Feen. Und zweitens wäre es recht leichtsinnig, wenn eine Fee ausgerechnet während eines Erdbebens hier irgendwelche Verzauberungen vornimmt."
Jakob Borg überlegte eine Weile und sagte dann: „Ich glaube, Schnauz hat nicht Unrecht. Der Fluss ist tatsächlich unsichtbar. Bei dem Erdbeben verschwand er und fließt nun unterirdisch. Das passiert oft bei Erdbeben. Wir müssen nur herauskriegen, wo der Fluss unter der Erde fließt."

Schnauz nickte eifrig und sagte stolz: „So hatte ich es mir gedacht. Ach ja."

Und dann liefen alle über die Wiese, und jeder legte seinen Kopf auf den Erdboden, um den Fluss zu hören.

Es war ein sehr schöner Tag. In den Bäumen zwitscherte ein Rotkehlchen, und irgendwo klopfte ein Specht, der nach Würmern suchte. Die Sonne schien und Katinka drehte sich auf ihrer Decke und betrachtete kopfschüttelnd das Treiben ihrer Freunde. Diese lagen flach auf der Wiese, ein Ohr gegen das Gras gepresst, und lauschten atemlos.

Plötzlich rief Schnauz: „Ich höre ihn! Ich höre den Fluss!“
Sie rannten alle zu ihm hin. Schnauz hatte seinen Kopf tief in ein Erdloch gesteckt und winkte mit dem Huf, leise zu sein.
Der Falsche Prinz erkundigte sich: „Ist es ein Plätschern oder ein Rauschen?“
„Es ist mehr ein Brummen“, sagte der Esel.
Der Clochard schüttelte seinen Kopf. „Ich habe noch nie von einem brummenden Fluss gehört.“
Kleine Adlerfeder gab jedoch zu bedenken: „Über unterirdische Flüsse wissen wir zu wenig. Alle Flüsse, die wir kennen, rauschen und plätschern und fließen und sprudeln. Vielleicht brummen unterirdische Flüsse.“
Schnauz, der wieder mit dem Kopf in dem Erdloch steckte, schlug auf einmal mit den Hinterhufen aus und fuhr erschrocken hoch. „Das Brummen wird lauter. Es hört sich an wie ein Flugzeug.“
In diesem Moment tauchte über der Wiese ein Flugzeug auf und verschwand mit lautem Brummen am Horizont. Die Schatzsucher blickten ihm betroffen nach.
Schnauz grub wieder seinen Kopf in das Erdloch und lauschte. Dann verkündete er: „Jetzt ist es still geworden. Der Fluss hat aufgehört zu brummen.“
Panadel der Clochard verdrehte die Augen. „Ja, Schnauz, der Fluss hat aufgehört zu brummen. Er ist eben über den Bäumen davongeflogen.“
„Was?“, fragte Schnauz überrascht und kam wieder aus

seinem Erdloch hervor. „Wer ist davongeflogen? Der unterirdische Fluss?“ Er schloss die Augen und überlegte. Dann sagte er langsam: „Vielleicht ...“
Nachdenklich sah er dem Flugzeug hinterher und murmelte verlegen: „Ich fürchte, hier liegt eine Verwechslung vor. Ach ja.“
Es war ihm sehr unangenehm.
Jakob Borg schlug vor, dass einer in der Stadt nachfragen sollte, ob in der vorigen Woche ein Fluss durch den Stadtpark geflossen sei.
Der Clochard befürchtete, dass man ihn schicken werde, und protestierte: „Wozu fragen! Selbstverständlich war hier ein Fluss. Schließlich ist er auf der Geheimen Schatzkarte aufgemalt. Das blöde Erdbeben bringt uns ganz durcheinander.“
Jakob Borg empfahl, die Geheime Schatzkarte so weit zu verändern, wie das Erdbeben den Park verändert habe: „Wir müssen die Geheime Schatzkarte auf den Stand der Dinge bringen.“
„Was heißt das, auf den Stand der Dinge bringen?“, wollte der Esel wissen.
„Das heißt so viel wie, dass man Schatzkarten nach Erdbeben eben neu malen muss.“
„Ach ja“, sagte Schnauz und tat, als ob er ihn verstanden hätte.
Jakob Borg breitete die Schatzkarte aus und trug die Veränderung ein. Neben die Kirche und die vier Häuser schrieb er: *Vom Erdbeben verschluckt.* Und quer über den Fluss malte er: *Seit voriger Woche unterirdisch.*

Der Falsche Prinz beugte sich über die Karte und sagte beruhigt: „Ich denke, damit sind wir dem Schatz einen entscheidenden Schritt näher gekommen."
Der Clochard nickte und war froh, dass man den entscheidenden Schritt getan hatte, ohne dass er unsinnig weite Spaziergänge machen musste.
Jakob Borg entschied, dass die Freunde die Schatzstelle, also den fetten, roten Punkt des Geheimen Schatzplanes, ausfindig machen sollten, während er inzwischen den Handwagen mit dem Werkzeug holte.
Als er zurückkam, standen der Clochard und der Falsche Prinz, Schnauz der Esel und Kleine Adlerfeder um Katinka herum, die sich noch immer auf der Decke sonnte. Sie war jetzt allerdings sehr wütend und fauchte: „Und wenn ihr euch auf den Kopf stellt, ich bleibe hier liegen. Grabt von mir aus den ganzen Park um, aber nicht da, wo ich mich sonne." Mit diesen Worten drehte sie sich auf den Bauch, nicht ohne dabei den Esel anzuschreien: „Und du dicker, nichtsnutziger Lümmel gehst mir sofort aus der Sonne."
Schnauz war so erschrocken, dass er auf den Rücken fiel und liegen blieb.
Leise erkundigte sich Jakob Borg bei Kleine Adlerfeder, was denn passiert sei.
Kleine Adlerfeder antwortete ebenso leise: „Die Sache ist die, dass Katinka genau auf dem Schatz liegt."
Panadel der Clochard fügte hinzu: „Wenn ihr mich fragt, ist es einfach eine ihrer Unverschämtheiten. Wir suchen den ganzen Tag nach dem Schatz und sie legt sich drauf."

Da standen sie nun – einen Meter vor dem Schatz, mit Spaten und Schaufel und Buddeleimer und mit dem Geheimen Schatzplan, und wussten nicht weiter. Keiner hatte Lust, mit Katinka zu streiten.
Jakob Borg nahm den Clochard beiseite und flüsterte mit ihm. Sie winkten dem Falschen Prinzen und Kleiner Adlerfeder, und nachdem sie noch eine Weile geflüstert hatten, kamen sie zurück. Sie stellten sich neben Katinkas Decke auf.
Panadel der Clochard räusperte sich und sagte feierlich: „Ich bringe nun ein Gedicht zu Gehör, das ich selbst dichtete. Ein Gedicht von mir.

Katinka mit der Pudernase
liegt den ganzen Tag im Grase,
legt ins Gras ein großes Ei –
eins, zwei, drei."

Und bei ‚drei' fassten sie die Decke an den vier Zipfeln und trugen sie fort.
Die Decke zappelte und wogte hin und her, jammerte und schimpfte, strampelte und kreischte; denn Katinka, die auf der Decke gelegen hatte, wurde einfach mit ihr weggetragen. Ein paar Meter weiter wurde sie sorgsam heruntergelassen.
Sobald Katinka wieder festen Boden unter sich spürte, wurde sie ruhiger. Sie guckte die Freunde so giftig an, wie sie nur konnte.
Ihren Mund zog sie zu einem Kringel zusammen, was so viel bedeuten sollte wie: Mit euch spreche ich über-

haupt nicht mehr, und verschränkte bitterböse die Arme über der Brust.
Jakob zeichnete mit dem Spaten ein Viereck auf der Wiese, unter dem der Schatz liegen musste. Und dann begannen sie zu graben.

Schaufel um Schaufel, Spaten um Spaten, viele, viele Buddeleimer voll.
Als die Grube schon so tief war, dass Kleine Adlerfeder darin verschwand, stieß der Falsche Prinz verzweifelt aus: „Ich fürchte, wir finden nichts, weil hier nichts liegt."
Jakob Borg wühlte verbissen mit dem Spaten in der Erde und erwiderte: „Ich bin ganz sicher, dass hier der Schatz liegt. Schließlich ist der Geheime Schatzplan

sehr alt und ich habe ihn von einer Vertrauensperson erhalten."
Der Esel erkundigte sich: „Was ist eine Vertrauensperson?"

„Eine Vertrauensperson, nun, das ist eine Person, die du sehr gut kennst und die dir nicht eine falsche Schatzkarte übergeben würde", antwortete ihm Jakob Borg.
Doch Schnauz wandte ein: „Aber du hast die Geheime Schatzkarte doch selbst gemalt!"
„Natürlich. Schließlich kenne ich mich am besten, und ich würde mir nie eine Schatzkarte andrehen, mit der man nichts finden kann."
Das leuchtete allen ein und sie gruben weiter. Plötzlich stieß der Spaten von Jakob Borg auf etwas Hartes.

„Hier ist etwas!“

„Ist es der Schatz?“, fragte der Falsche Prinz und Jakob Borg erwiderte: „Ich weiß nicht. Es fühlt sich sehr hart und fest an.“

Der Clochard, der nicht richtig zugehört hatte, brüllte gleich los: „Wir haben ihn. Wir haben ihn gefunden. Der Schatz ist entdeckt.“

„Ist es eine große Puddingschüssel oder nur eine mittelgroße?“, wollte Schnauz wissen und Kleine Adlerfeder erkundigte sich: „Wie schwer ist denn der Schatz? Kannst du ihn allein hochreichen?“ Sogar Katinka war zu neugierig, um weiterhin den Schatzgräbern den Rücken zu kehren. Sie stand von ihrer Decke auf und kam zu der Fundstelle.

Jakob Borg grub vorsichtig weiter und sagte schließlich verlegen: „Ach, ich fürchte, es ist kein richtiger Schatz.“

Und dann warf er die ausgegrabene Baumwurzel nach oben.
Die Schatzsucher blickten betroffen auf das verfaulte Holzstück.
„Gold ist es nicht, so viel ist sicher“, sagte der Clochard verärgert.
Kleine Adlerfeder schniefte vernehmlich in sein Taschentuch und Katinka sagte mit zuckersüßer Stimme: „Da habt ihr ja einen prächtigen Schatz gefunden. Ich gratuliere euch, Jungs.“
Der Falsche Prinz wunderte sich: „Ich versteh nicht, warum man eine verfaulte Baumwurzel im Stadtpark vergräbt. Was sind das nur für Leute!“
Katinka erwiderte spitz: „Und ich versteh nicht, warum man eine verfaulte Baumwurzel im Stadtpark ausgräbt. Was sind das nur für Leute!“
Und dann ging sie stolz wie eine Königin zu ihrer Decke und streckte sich beruhigt aus. Niedergeschlagen füllten die Schatzsucher die Grube mit der Erde zu. Sie packten das Werkzeug in den Handwagen.
Als sie alle zusammen nach Hause zogen, überlegte Jakob Borg: „Entweder haben wir nicht an der richtigen Stelle gesucht oder das Erdbeben hat auch den Schatz verschluckt.“
Der Clochard pflichtete ihm bei: „Dieses verdammte Erdbeben ist daran schuld. Wenn man bedenkt, dass es vier Häuser, eine Kirche und sogar einen ganzen Fluss verschluckt hat, dann ist es nicht verwunderlich, wenn es auch einen Schatz klaut.“
Jakob Borg war sehr nachdenklich geworden. Als sie

vor ihrem Haus angekommen waren, erklärte er bedrückt: „Ich fürchte, ich habe bei der Geheimen Schatzkarte einen Fehler gemacht. Ich will mich gleich hinsetzen und eine neue malen."

„Ausgezeichnet. Und nimm diesmal eine Gegend, wo nicht solche dämlichen Erdbeben einen vernünftigen Schatzsucher total durcheinander bringen", riet der Clochard.

„Heißt das", fragte Schnauz mit großen Augen, „heißt das, wir machen bald wieder ein Picknick?"

„Ja, das können wir machen", bestätigte Jakob Borg.

Der Esel druckste etwas und sagte schließlich: „Wir könnten das nächste Mal das zweite und dritte Picknick gleichzeitig machen!"

Und da keiner etwas sagte und ihn alle nur ansahen, fuhr er fort: „Dann hätten wir zwei Picknickkörbe zum Essen, nicht wahr!"

Panadel der Clochard war begeistert: „Die Idee könnte von mir sein, Schnauz. Außerdem sparen wir eine Masse Zeit, wenn wir zwei Picknicks auf einmal vertilgen."

Die Aussicht, bald wieder auf Schatzsuche zu gehn, stimmte sie vergnügt. Und so waren sie – trotz der verfaulten Baumwurzel – zufrieden, als sie die Treppe zu ihrer Wohnung hochpolterten.

Nur Katinka murmelte vor sich hin: „Diese ganze Schatzsucherei, eine Lümmelei ist das. Sie täten besser daran, mein weißes Nähgarn zu suchen."

Jakob Borg begann noch am gleichen Tag damit, eine neue Schatzkarte zu zeichnen. Schnauz dem Esel, der ihm dabei über die Schulter sah, erklärte er nachdenklich: „Weißt du, ich glaube, es ist gar nicht so schwer, einen Schatz zu finden. Im Grunde steckt die Welt voller Schätze. Man braucht eigentlich nur zu wissen, wo man suchen muss.“

Es regnete immer noch.
Der schwarze Käfer war mit seinem Boot gekentert. Jakob rettete ihn. Er nahm ihn in seine Hand und hauchte ihn an, um ihn zu beleben.
„Erzählst du mir noch eine Geschichte?“, fragte ich.
„Keine Zeit“, sagte Jakob.
„Aber wenn wir uns wieder sehen, erzählst du mir doch noch eine Geschichte?“
„Wenn du noch eine hören willst“, sagte Jakob. Und dann stapfte er mit dem Käfer in seiner Hand davon. Ich sah ihm nach. Hoffentlich, dachte ich, muss ich nicht zu lange warten.

Das 2. Kapitel

in dem sich der Falsche Prinz die Hosen zerreißt und der Esel einen Purzelbaum macht, in dem Kleine Adlerfeder ein Tagebuch für die Nachwelt schreibt und ich mich mit Jakob Borg über die seltsamen Erwachsenen unterhalte.

An einem Sonntag traf ich mich wieder mit Jakob.
Wir gingen gemeinsam durch den Stadtpark. Ich erkundigte mich nach dem Befinden des schwarzen Käfers und hörte, dass dieser die Seefahrt völlig aufgegeben habe.
Es war ein prächtiger Sonntag. Die Sonne schien, in den Büschen zogen die Spinnen ihre Netze, Gänseblümchen und Löwenzahn bewegten eifrig ihre Köpfe und in den Bäumen pfiffen die Spatzen.
Wir legten uns auf eine Wiese und Jakob erzählte mir:

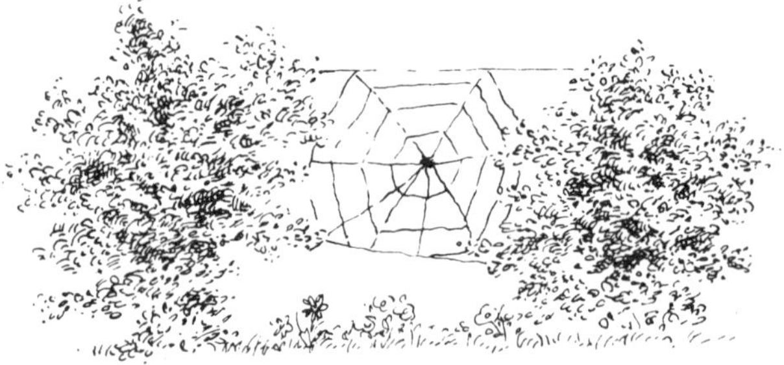

Wie der Falsche Prinz eines Tages feststellte, dass er fliegen kann.

Immer wenn der Falsche Prinz am Klavier saß, geriet er ins Träumen. Und während er langweilige Fingerübungen spielte und Katinka ihm zuhörte, dachte er an dies und das oder etwas anderes Schönes.
Gern stellte er sich vor, er gebe ein Konzert. Er sitzt auf einer erleuchteten Bühne. Eben beendet er sein wundervolles Klavierspiel. Das begeisterte Publikum überschüttet ihn mit Beifall. Er schließt die Augen und verbeugt sich langsam, und dann ... und dann sagte Katinka: „Schlaf nicht ein, Falscher Prinz."
„Ich schlafe nicht."
„Streite nicht mit mir. Du bist fast eingeschlafen."
„Ich habe nicht geschlafen. Ich hab mich nur ..."
Er wollte sagen: verbeugt. Aber rechtzeitig fiel ihm ein, dass es ja nur ein Traum war. Und wie sollte er das Katinka erklären! So spielte er weiter, und wenn ihm etwas besonders gut gelang, dann sagte Katinka zu ihm: „Wunderschön, Falscher Prinz. Du bist ein richtiger Künstler."
Aber der Falsche Prinz hörte sie nicht. Er träumte schon wieder. Er stellte sich vor, dass er fliegen könne. Mit ausgebreiteten Armen segelte er durch die Luft, flog über Bäume und Häuser, jagte den Schwalben hinterher und genoss es, sich im Wind zu wiegen.
Die Übungsstunde am Klavier verging diesmal wie im Fluge. Der Falsche Prinz war erstaunt, als Katin-

ka sagte: „Genug für heute. Du willst wohl gar nicht mehr aufhören!"
Sie klappte den Klavierdeckel zu und sagte: „Und nun geh noch ein bisschen vors Haus. Frische Luft tut einem Künstler immer gut."
Der Falsche Prinz jedoch blieb auf dem Hocker sitzen und träumte weiter vom Fliegen. Vorsichtig bewegte er seine Arme, schlug sie auf und nieder, als ob es Flügel wären. Und plötzlich spürte er, wie sich sein Körper erhob. Er schwebte tatsächlich ein Stück in der Luft. Vor Schreck ließ er sich wieder auf den Klavierhocker fallen.
Er sah sich um, ob ihn jemand beobachtet hätte. Die Freunde waren alle beschäftigt. Keiner achtete auf ihn. Ich kann fliegen, sagte sich der Falsche Prinz, ich kann tatsächlich fliegen.
Am liebsten wollte er es allen sofort erzählen. Doch dann sagte er sich, dass es besser sei, wenn er das Fliegen noch ein wenig üben würde. Er stand auf, um in den Park zu gehen.
Auf der Treppe traf er Schnauz den Esel. „Ich muss dir etwas sagen, Schnauz. Etwas ganz Erstaunliches."
„Ach ja?", erkundigte sich der Esel. Dann fragte er interessiert: „Gibt es heute Abend vielleicht Karamellpudding?"
„Es ist etwas viel Erstaunlicheres. Komm nur mit." Der Falsche Prinz zog den Freund mit sich zum Stadtpark. Schnauz der Esel überlegte, was es wohl noch Erstaunlicheres geben könne als einen warmen Karamellpudding mit etwas Eierschnee darüber.

Als sie angekommen waren, sah sich der Falsche Prinz nach allen Seiten um, ob sie auch keiner belausche. Dann beugte er sich zu den langen Ohren von Schnauz und flüsterte: „Die Sache ist nämlich so, ich kann fliegen."

„Was kannst du?"

„Ich kann fliegen. Fliegen, verstehst du. Fliegen wie ein Vogel."

„Ach ja?“, entgegnete Schnauz. Er tat interessiert. In Wahrheit aber war er enttäuscht. Unter etwas Erstaunlichem hatte er sich etwas anderes vorgestellt.
Der Falsche Prinz fuhr unbekümmert fort: „Ich kann fliegen. Pass auf. Sieh, wie ich fliege.“
Und er stellte sich auf, schlug kräftig mit den Armen und erhob sich. Er flog tatsächlich in die Luft. Langsam und anfangs noch etwas taumlig umkreiste er einen Baum im Stadtpark. Dann stieg er höher und höher und dabei schrie er immer wieder: „Ich kann fliegen. Siehst du, ich kann fliegen.“
Schnauz hatte Mühe, ihm mit den Augen zu folgen. Er musste seinen Hals drehen und den Kopf hin und her wenden, um den fliegenden Falschen Prinzen zu sehen.
Der flog große Kreise über dem Stadtpark. Manchmal schlug er heftig mit den Armen. Dann stieg er steil nach oben. Oder er ließ sich gleiten, bis er dicht über der Wiese dahinflog. Atemlos landete er schließlich

neben Schnauz. „Hast du mich fliegen sehen? Ist das nicht wunderbar!"

„Ach ja!", nickte Schnauz. Dann überlegte er und sagte geheimnisvoll: „Ich muss dir auch etwas Wunderbares sagen."

Er schwieg und wartete, bis ihn der Falsche Prinz ansah.

„Die Sache ist nämlich, ich kann einen Purzelbaum." Und der Esel steckte seinen Kopf zwischen die Vorderbeine. Er steckte ihn tiefer und immer tiefer, bis er auf einmal vornüberkippte und so etwas wie einen Purzelbaum schoss.

Als er endlich wieder auf allen vieren stand, fragte er den Falschen Prinzen strahlend: „Hast du gesehen? War das nicht toll?" Und dann fügte er jammernd hinzu: „Ach ja, reib mir bitte den Rücken. Ein Purzelbaum ist nämlich sehr schmerzhaft."

Der Falsche Prinz schnaubte verächtlich: „Ein Purzelbaum! Was ist schon ein Purzelbaum, Schnauz! Das

kann ja jedes Kind. Aber fliegen, fliegen kann kein anderer Mensch. Nur ich, Schnauz. Ich bin der einzige fliegende Mensch."

Der kleine Esel war erstaunt.

„Das wusste ich nicht."

„Aber natürlich. Kein Mensch kann fliegen. Nur die Vögel und Bienen und Maikäfer. Und ich selbstverständlich."

Schnauz war jetzt sehr beeindruckt. Er überlegte eine Weile und meinte dann nachdenklich: „Oh, vielleicht ... vielleicht ..."

„Was ist los, Schnauz?"

„Vielleicht ... aber das wäre ja schrecklich! Was wird bloß Jakob Borg dazu sagen!"

„Was wäre schrecklich, Schnauz? Was meinst du?"

„Vielleicht bist du gar kein Mensch, Falscher Prinz. Vielleicht bist du ein Vogel."

Aufgeregt lief er um den Falschen Prinzen herum und betrachtete ihn aufmerksam von allen Seiten. Dann schüttelte er den Kopf und sagte erleichtert: „Nein, ein Vogel bist du nicht."

Und um den Falschen Prinzen aufzumuntern, fügte er hinzu: „Höchstens ein komischer Vogel."

Der Falsche Prinz war empört. „Ach, Schnauz, was bist du für ein dummer Esel. Natürlich bin ich kein Vogel, aber fliegen kann ich, fliegen wie ein Vogel." Und dann stieß er von der Erde ab und zog einige Schleifen über der Wiese, setzte zu einem Sturzflug an und fing sich kurz über der Wiese ab, wobei er jubelte: „Ich kann fliegen! Ich kann fliegen!"

Er drehte Pirouetten und segelte Kurven und Spiralen. Er vollführte einen Looping und flatterte um die Bäume. Er schaute den erschreckten Vögeln in die Nester und stürmte dann davon bis in die Wolken. Auf einem Hausdach machte er eine kurze Zwischenlandung und umkreiste dann die Telegrafendrähte.

Schnauz sah ihm eine Zeit lang zu. Dann wurde es ihm zu langweilig. Er seufzte: „Ach ja, der eine kann fliegen und ein anderer kann halt einen Purzelbaum schlagen." Und dann übte er seine Purzelbäume und rieb sich zwischendurch den schmerzenden Rücken an der Rinde einer Buche.

Der Falsche Prinz flog im Stadtpark umher, bis die Dämmerung hereinbrach. Fast wäre er mit einer Schwalbe zusammengestoßen und musste eine Notlandung machen, wobei er sich die Hose zerriss.

Als sie nach Hause kamen, schimpfte Katinka: „Du lieber Himmel, wie siehst du denn aus! Sicher habt ihr wieder Unsinn angestellt."

„Aber nein. Falscher Prinz musste notlanden und dabei ging die Hose kaputt", erklärte Schnauz hoheitsvoll.

„Notlanden? Was ist das wieder für eine Lümmelei?", erkundigte sich Katinka.

Und dann musste der Falsche Prinz erzählen. Er berichtete, wie er im Stadtpark umhergeflogen sei, aber keiner glaubte ihm ein Wort. Keiner, außer Schnauz, der ja alles gesehen hatte.

Triumphierend stellte sich schließlich der Falsche Prinz mitten im Zimmer auf und erklärte: „Na schön, wenn ihr mir nicht glaubt, so überzeugt euch selbst."

Und während alle gebannt auf den Falschen Prinzen starrten, hob dieser seine Arme und schlug sie wie Vogelflügel langsam auf und ab. Er schlug und schlug, er schlug immer heftiger und verzweifelter, seine Arme wirbelten durch die Luft, aber nicht einen Zentimeter erhob er sich vom Fußboden. Na, das war ein Reinfall!

Panadel der Clochard hielt sich den Bauch vor Lachen: „Hö hö hö, seht, wie er fliegt. Hö hö hö, und so schnell und so hoch, hö hö hö! Junge, Junge, mir wird vom Zusehen schon schwindlig, hö hö hö!" Und auch die anderen Freunde lachten und lachten.

Der Falsche Prinz war den Tränen nahe. Wütend rief er: „Und ich kann doch fliegen. Schnauz hat es gesehen. Ich bin geflogen."

„Ach was, Falscher Prinz, ein Mensch kann nicht fliegen. Du bist ein Künstler und hast etwas zu viel Fantasie, das ist alles. Und was Schnauz gesehen hat, ist mir egal. Schnauz ist ein Esel und mehr sage ich nicht“, erklärte Katinka.

Der Clochard kicherte.

„Nein, was ist das für ein Träumer. Wenn ihr mich fragt, er spielt zu viel Klavier, er spinnt.“

Schnauz wusste nicht, was er dazu sagen sollte. Verlegen murmelte er: „Es sah so aus, als ob er fliegt. Aber natürlich, ich bin nur ein Esel. Ach ja. Ach ja.“

Und dann verstummte er.

Der Falsche Prinz war unglücklich. Er verstand nicht, weshalb er auf einmal nicht mehr fliegen konnte. Vielleicht weil ihn zu viele dabei anstarrten! Oder weil ihm doch keiner glauben wollte!

Spät am Abend unterhielt er sich mit Jakob Borg.

„Glaubst du mir auch nicht, Jakob? Glaubst du auch nicht, dass ich fliegen kann?“

„Ach, weißt du, das ist schwierig. Einerseits glaube ich dir gern, aber andrerseits ist alles sehr merkwürdig. Ein Mensch ist kein Vogel.“

„Ich bin aber geflogen.“

„Schön, Falscher Prinz, doch wie war es möglich?“

„Ganz einfach. Ich habe die Arme bewegt und flog los.“

Jakob Borg dachte eine Zeit lang nach und sagte dann: „Weißt du, Falscher Prinz, ich glaube dir. Wenn man etwas unbedingt erreichen will und sich sehr anstrengt, dann schafft man es. Auch wenn es unbegreiflich ist und keiner es glauben will.“

Nach diesen Worten war der Falsche Prinz erleichtert.

Es war doch gut, einen so klugen Freund wie Jakob Borg zu haben.
Künftig flog er jedoch nur noch allein. Er wollte sich vor den anderen nicht noch einmal blamieren. Nur Schnauz der Esel durfte ihm dabei zusehen.
Im Oktober, wenn die Winde kräftig wehten und die Drachen in den Himmel stiegen, schoss der Falsche Prinz schnell wie ein Falke in die Wolken.
Manchmal sah ihn ein Schornsteinfeger und sagte dann am Abend: „Ach, Frau, was ich heute gesehen habe; da flog ein Mensch durch die Luft wie ein Vogel.“ Und seine Frau antwortete: „Ach, Mann, was du redest; iss dein Abendbrot und stör mich nicht beim Fernsehn.“
Oder ein Dachdecker kam nach Hause und erzählte: „Kathrinchen, Kathrinchen, glaub's oder glaub's nicht, heut flog ein fliegender Junge um den Dachstuhl.“ Und Kathrinchen erwiderte: „Herrjeh, herrjeh, hast du wieder zu tief in die Bierflasche geguckt.“
Den Falschen Prinzen kümmerte das nicht. Er schwebte über den Bäumen, flatterte um die Kirchtürme, stieg in die Wolken hoch, kurvte um die Schornsteine, sauste den Flugzeugen nach und schwang sich über Flüsse und Seen. Er flog und war glücklich.
Und nur mit Schnauz sprach er darüber. Überhaupt ist es gut, wenn man einen Kerl wie Schnauz zum Freund hat. Über so merkwürdige Sachen wie das Fliegen kann man sich mit ihm prächtig unterhalten. Er ist zwar nur ein Esel und weiß wenig mehr dazu zu sagen als sein Ach-ja, Ach-ja. Doch wenn er

auch nur wenig begreift, von den wunderbaren Geschichten versteht so ein Esel oft mehr als die gescheiten Leute.

„Erstaunlich", sagte ich, als Jakob seine Erzählung beendet hatte.

„Ja", sagte er, „erstaunlich ist es schon. Glaubst du auch nicht, dass der Falsche Prinz fliegen kann?"

„Nun", erwiderte ich und kratzte mir den Kopf, „das ist eine knifflige Frage. Ich habe nämlich noch nie von einem Menschen gehört, der fliegen kann."

„O doch", widersprach mir Jakob, „von einem hast du eben gehört."

„Na ja", sagte ich, „aber ein Wunder ist es schon."

„Uns passieren oft solche Wunder", gab Jakob zu bedenken, „im Grunde steckt die Welt voller Wunder."

„Du hast Recht, Jakob", stimmte ich ihm zu, „wenn ich nur an die erwachsenen Leute denke."

„Was meinst du?", erkundigte sich Jakob.

„Wusstest du", fragte ich ihn, „wusstest du, dass alle Erwachsenen einmal kleine Kinder waren?"

„Ich habe davon gehört."

„Das ist eine Unglaublichkeit, nicht wahr?", sagte ich.

Jakob nickte. „Wenn ich an Herrn Hirsch, unseren Lehrer, denke, kann ich es mir eigentlich nicht vorstellen."

„Und doch ist es die Wahrheit", sagte ich, „alle diese großen Frauen und Männer, die du kennst, waren einmal Mädchen und Jungen. Sie waren so groß wie du, so tapfer und so ängstlich. Sie hatten nette und fre-

che Freunde. Und sie haben gelacht und geweint. Und manchmal waren sie sehr einsam."
Jakob sah mich an und sagte: „Warum tun dann die meisten Erwachsenen so, als seien sie schon immer große Leute gewesen?"
„Ich weiß es nicht, Jakob."
„Sie tun, als ob sie schon immer alles wussten und alles konnten", meinte Jakob.
„Ich weiß", erwiderte ich, „aber damals waren sie anders. Damals taten sie noch nicht, als ob sie alles wissen. Am liebsten träumten sie den ganzen Tag vor sich hin. Das ist lange her und kaum zu glauben, und es ist doch die Wahrheit. Die Wahrheit klingt manchmal unglaublich. Das ist nicht meine Schuld."
Jakob nickte tiefsinnig.
„Ich will dir etwas zeigen", sagte ich. Aus meiner Jackentasche holte ich ein paar Bilder hervor und legte sie vor Jakob hin. „Weißt du, wer das ist?"
Jakob schüttelte den Kopf.
„Das hier", sagte ich, „sind ein paar Erwachsene. Und rechts daneben sind die gleichen Erwachsenen zu sehen, als sie noch Kinder waren.
Sieh sie dir genau an, vielleicht erkennst du welche von ihnen:

Das ist Frau Doktor Mathilde Moser.
Und das ist die kleine Thilde, als sie zum ersten Mal in die Schule ging.

Das ist der berühmte Erfinder und Entdecker, Herr Albert.
Und das ist der berühmte Herr Albert, als er noch der freche Albert war.

Das ist Herr Ernst Frieder Meier, bekannt als Zirkusclown Lollo de Bollo.
Und das ist der kleine Ernst Frieder Meier, als er acht Jahre alt war.

Das ist die Gemüsefrau Emma Kabolzke aus dem Eckgeschäft.
Und das ist die kleine Emmi.

Das ist der Lehrer Herr Sebastian Hirsch.
Und das ist der kleine Sebastian, genannt der Schrecken der Bahnhofstraße."

Jakob betrachtete eingehend die Fotos. „Es wäre jedenfalls einfacher", sagte er dann, „wenn alle Erwachsenen etwas hätten, woran man erkennen könnte, dass sie einmal Kinder waren."
„Wie meinst du das, Jakob?"
„Weißt du", sagte er, „sie müssten noch etwas bei sich haben aus der Zeit, als sie klein waren."
„Du meinst, sie sollten mit einem Brotbeutel oder einer Puppe herumlaufen?", fragte ich.
„Vielleicht", erwiderte Jakob, „oder mit zerrissenen Hosen oder ungekämmten Haaren."
„Oder mit ihrem Hamster", schlug ich vor.
„Sie könnten ja ihre kleine Gummi-Ente immer bei sich haben", fiel Jakob ein, „oder ihren Lieblingsluftballon."
„Oder immer eine Rotznase haben", sagte ich.
Jakob schüttelte den Kopf. „Das geht wahrscheinlich nicht ... Vielleicht würde es ausreichen", sagte er schließlich, „wenn die Erwachsenen öfter einmal lachen oder

weinen würden. Leider haben viele vergessen, dass sie einmal Kinder waren. Das ist sehr schlimm. Darum können sie Kinder nicht verstehen. Sie schimpfen und reden unfreundlich mit ihnen. Bei diesen Erwachsenen heißt es immer nur: Tu dies und tu das. Lass das sein. Hörst du endlich. Als ob man mit Kindern wie mit Hunden umgehen darf."

Jakob schwieg und sah mich an. Aber was sollte ich sagen? Er hatte Recht. Es gibt solche Erwachsenen. Doch zum Glück gibt es auch andere. Solche, die nicht vergessen haben, dass sie einmal Kinder waren. Und das sind die nettesten Leute. Wenn man etwas anstellt oder eine Dummheit gemacht hat, so lachen sie bloß und sagen: Ist doch nicht so schlimm. Kann jedem mal passieren. Scherben bringen Glück. Und vielleicht erzählen sie auch von der Zeit, als sie klein waren. Das kann spannend und lustig werden. Viele von ihnen haben nämlich tolle Abenteuer erlebt, unglaubliche. So wie Jakob und seine Freunde. „Du solltest noch eine Geschichte erzählen", sagte ich zu Jakob.

Jakob überlegte. „Vielleicht", sagte er dann, „möchtest du hören:

Wie Kleine Adlerfeder einsam und allein
in einem Zelt übernachtete
und eine große Entdeckung machte.

Eines Tages erklärte Kleine Adlerfeder beim Abendbrot, während er an einer Mohrrübe kaute: „Übrigens, ich schlafe heute im Zelt."

Katinka verschluckte sich vor Überraschung, und als sie wieder zu Atem kam, sagte sie ganz entsetzt: „Ich habe wohl nicht richtig gehört!“
Aber Kleine Adlerfeder sah sie tapfer an und wiederholte: „Ich schlafe heute Nacht im Zelt.“

Jakob Borg hatte vor einigen Tagen sein kleines Zelt im Garten hinter dem Haus aufgeschlagen. Es besaß einen Mast in der Mitte und zwei winzige Gazefenster, durch die man gerade erkennen konnte, ob es draußen regnete oder die Sonne schien.
Jakob Borg hatte mit seinen Freunden die Nachmittage im Zelt verbracht. Sie hatten dort Karten gespielt und sich unterhalten und ab und zu durch die Gazefenster geblickt, um festzustellen, ob es draußen regnete oder die Sonne schien. Doch keinem war je eingefallen, im Zelt zu übernachten.
Das heißt, keinem außer Kleiner Adlerfeder.
Bevor Kleine Adlerfeder seinen Entschluss verkündete, hatte er lange überlegt. Schließlich galt es, das Für und

Wider einer Übernachtung im Zelt abzuwägen. Er hatte alle nur denkbaren Gefahren, die ihm im Zelt drohen konnten, bedacht, und das waren immerhin siebenunddreißig. Nummer eins auf seiner Liste war ein plötzliches Hochwasser, das ihn zusammen mit dem Zelt davonspülen konnte. Gefahr Nummer vierzehn war der Einschlag einer Sternschnuppe. Gefahr Nummer zweiundzwanzig war das unerwartete Auftauchen einer Schar hungriger Wölfe. Und Gefahr Nummer siebenunddreißig war die Milchkuh Mariella von nebenan, die so gern das saftige Gras fraß und – weil sie schon alt und halb blind war – dabei vielleicht das Zelt übersah und mit auffraß.
Gegen diese fürchterlichen Schrecknisse aber stand sein Wunsch, ein großer Entdecker und Erfinder zu werden. Diese Leute bestehen bekanntlich fortgesetzt schwierige Gefahren, und Kleine Adlerfeder sagte sich, dass eine Nacht im Zelt eine gute Übung für später sein würde. So hatte er sich schließlich schweren Herzens

dazu entschlossen und beim Abendbrot den Freunden seine Entscheidung mitgeteilt. Er fragte sich allerdings, ob diese auch nur ahnten, wie viele Gefahren ihm dabei drohten, entschied jedoch, dass es für einen Entdecker angebracht sei, erst nach dem überstandenen Abenteuer darauf zu verweisen.

Katinka war entsetzt. Katinka war außer sich. Und sie verwies ihn auf eine Gefahr, die er in seine Liste gar nicht aufgenommen hatte: „Das ist ausgeschlossen. Schlag dir das aus dem Kopf, Kleine Adlerfeder. Du mit deiner Schnupfnase wirst dir da eine schöne Erkältung holen."

Alle anderen aber bewunderten Kleine Adlerfeder. Sie sahen ihn stumm und ein wenig neidisch an und fragten sich, ob sie so viel Mut aufbringen könnten.

Nur Katinka blieb streng: „Das ist wieder eine ausgesprochene Lümmelei. Ja, wenn Schnauz im Zelt schlafen würde! Ich habe schon immer gesagt, ein Esel gehört nicht ins Zimmer."

Doch damit war Kleine Adlerfeder nicht einverstanden. Schließlich wollte er Entdecker und Erfinder werden, und nicht der Esel. Und wie er Schnauz kannte, würde der sich ins Zelt legen und schlafen, ohne überhaupt etwas von den Gefahren zu ahnen.

Doch auch Schnauz war von Katinkas Vorschlag nicht begeistert. Sein Fell sträubte sich bei dem Gedanken, seinen warmen Schlafplatz gegen das kalte, windige Zelt einzutauschen. Auch hatte er nie gehört, dass Esel anders als unter einem roten Sofa schlafen. Und schließlich, was sollte er in einem Zelt machen, wenn er nachts vor Hunger aufwachte! In der Wohnung schlich er gewöhnlich leise in die Küche, nur um einmal zu sehen, was so da war, und konnte bald darauf wieder beruhigt schlafen. Aber was sollte er in einem Zelt, das keine Küche besaß, machen? So war es ihm sehr lieb, dass Kleine Adlerfeder darauf bestand, die Nacht allein im Zelt zu verbringen.

Nachdem alle gebadet und die Zähne geputzt hatten, nahm Kleine Adlerfeder seinen Bogen und die Pfeile, eine Taschenlampe und eine warme Decke sowie ein paar Dinge, die in einem Zelt einfach unentbehrlich sind. Er verabschiedete sich von allen und Jakob Borg umarmte ihn lange.

Draußen war es schon dunkel. Über dem Zelt schien der Mond und der nahe Wald sah jetzt finster und unheimlich aus. Es war sehr still, so still, dass Kleine Adlerfeder kaum zu atmen wagte. Um sich Mut zu machen, führte er Selbstgespräche: „Ich glaube, das Wichtigste für einen Entdecker ist es, ein Tagebuch zu schreiben. Für alle Fälle."

Und dabei dachte er an die siebenunddreißig Gefahren, die ihm zustoßen konnten, und dass die Nachwelt, also Jakob Borg und Katinka, der Clochard, der Falsche Prinz und Schnauz der Esel, später alles nachlesen konnten.
Er holte also ein Schulheft hervor, das ihm Jakob Borg überlassen hatte, und überlegte, was er schreiben sollte.
„Vielleicht ist ‚Die erste Entdeckungsfahrt der Kleinen Adlerfeder' ein guter Titel. Oder sollte es besser ‚Erfindungen und Entdeckungen der Kleinen Adlerfeder' heißen?"
Er war unschlüssig. Da er nicht wusste, ob er diese Nacht etwas erfinden oder entdecken würde, entschloss er sich, die Frage, welcher Titel am geeignetsten sei, auf den kommenden Morgen zu verschieben. Er wollte gleich mit der ersten Eintragung beginnen. „Ich denke, am besten ist, ich schreibe: ‚Noch ist alles still.' Oder vielleicht: ‚Ich bin schrecklich allein im Zelt.'"
Er entschied sich gerade dafür, beide Sätze in sein Tagebuch aufzunehmen, als ihm einfiel, dass er ja nicht schreiben konnte.
„Zu dumm. Was macht ein großer Entdecker in diesem Fall? Ich werde Jakob Borg morgen bitten müssen, meine Entdeckungen in das Tagebuch einzutragen."
Und damit er bis dahin nichts vergessen konnte, machte er sich zwei Zeichen in das Schulheft. Einen Kreis, was so viel bedeuten sollte wie ‚Noch ist alles still', und einen Klecks, der für den Satz stand ‚Ich bin schrecklich allein im Zelt'.

Kleine Adlerfeder besah sich lange die Eintragungen und las sich die beiden Sätze immer wieder vor, bis er merkte, dass ihm davon nur noch einsamer und schrecklicher wurde. Er hätte gern noch etwas dazugeschrieben, doch sosehr er auch lauschte und durch die beiden Gazefenster spähte, er konnte nur feststellen, dass alles still und sehr einsam war.

Und wenn er sich auch etwas fürchtete, wunderte er sich doch, dass keine Entdeckungen und Erfindungen passierten.

„Ich versteh das nicht. Eigentlich müsste jetzt etwas geschehen. Es kann doch nicht die ganze Nacht nur still sein." Und er schniefte mehrmals, da er sein Taschentuch vergessen hatte.

Da saß er nun, in die karierte Wolldecke eingehüllt, und wartete auf seine Entdeckungen. Er hätte sich gern hingelegt und geschlafen, weil er dann nicht immerfort daran denken musste, wie einsam er war. Aber er hatte nie gehört, dass die großen Entdecker und Erfinder geschlafen haben. So blieb er sitzen und lauschte.

Er grübelte eben über einen dritten Satz für sein Tagebuch – er sollte lauten: ‚Ich befürchte, dass es in diesem Erdteil nichts mehr zu entdecken gibt' –, als er ein Geräusch vernahm. Er kroch vorsichtig an ein Gazefenster und spähte hinaus.

Da war wieder das Geräusch, ein Schlurfen und Schleichen im Gras. Und dann sah er den Schatten.

Ein riesiger, schwarzer Schatten bewegte sich über den Rasen auf sein Zelt zu. Er wagte kaum zu atmen. Der Schatten kam immer näher. Er hätte gern gewusst, welche der siebenunddreißig Gefahren sich ihm näherte, aber vor Entsetzen fiel ihm keine ein. Er hätte auch gern ein Zeichen in das Tagebuch geschrieben, um Jakob Borg und die andere Nachwelt von dem Schrecklichen zu unterrichten, das da auf ihn zukam. Doch er saß wie gelähmt.

Das Schlurfen hatte aufgehört. Der Schatten musste jetzt direkt vor dem Zelt stehen. Kleine Adlerfeder griff nach seinem Bogen, aber er wagte nicht, einen Pfeil abzuschießen.

„Vielleicht wird das Ungeheuer vor meinem Zelt wild, wenn ich schieße. Und vielleicht tut es mir nichts, wenn es merkt, dass ich ihm auch nichts tue. Oder es denkt, dass in diesem Zelt keiner drin ist, und geht weiter."
Das, dachte Kleine Adlerfeder, wäre natürlich das Beste.
Aber das Ungeheuer, der schreckliche schwarze Schatten, blieb vor dem Zelt stehen und klopfte zweimal leise dagegen.
Kleine Adlerfeder zog die Decke über den Kopf und beschloss, sich totzustellen. Er hörte, wie das Ungeheuer seinen Namen rief, aber er antwortete nicht. Er dachte an Jakob Borg und an den Clochard. Und auch an Katinka. „Hätte ich doch nur auf Katinka gehört, die liebe, gute Katinka." Aber jetzt war es zu spät.
Wieder klopfte es gegen das Zelt und eine Stimme flüsterte: „Kleine Adlerfeder, schläfst du schon?"
Kleine Adlerfeder schwieg. Er steckte mit seinem Kopf unter der Decke, schniefte heftig und wünschte, mit all seinen Freunden jetzt unter dem roten Sofa zu liegen.

Er hörte, wie langsam der Reißverschluss des Zeltes geöffnet wurde.
Hoffentlich, dachte er, findet man später mein Tagebuch. Und hoffentlich, fügte er in seinen Gedanken hinzu, kann man es entziffern.
Dann wurde ihm die Decke vom Kopf gezogen und der Clochard fragte: „Was machst du? Warum sitzt du unter der Decke, Kleine Adlerfeder?“
Es war wirklich der Clochard, sein guter Freund, Panadel der Clochard.
Kleine Adlerfeder atmete tief durch. Er war sehr erleichtert, als er sagte: „Ach, weißt du, ich versuche, etwas zu entdecken.“
„Was willst du entdecken?“, fragte der Clochard.
Kleine Adlerfeder antwortete verzweifelt: „Ich weiß es nicht. Ich fürchte, es ist sehr schwer, etwas zu entdecken.“
Panadel nickte verständnisvoll.
„Ja, eine richtige Entdeckung ist das Schwierigste auf der Welt.“
„Und außerdem“, fügte Kleine Adlerfeder hinzu, „außerdem leben Entdecker sehr gefährlich.“
„Das ist wahr. Aber jeder muss seinem Beruf Opfer bringen“, sagte Panadel bekümmert.
„Was heißt das, seinem Beruf Opfer bringen?“
Der Clochard starrte Kleine Adlerfeder verwundert an.
„Du weißt nicht, was das bedeutet?“
„Nein“, gestand Kleine Adlerfeder, „ist es denn so wichtig?“
Panadel war erstaunt. „Oh, es ist das Allerwichtigste.

Ich glaube nicht, dass es auf der Welt etwas Wichtigeres gibt als die Pflichten und Opfer des Berufes."
„Was heißt das?"
„Es heißt, äh, es heißt so viel wie, äh, dass man eben seinem Beruf Opfer bringt. Der eine lügt dir das Blaue vom Himmel herunter, ein anderer betrügt dich, alles Opfer und Pflichten des Berufes. Du kannst dir nicht vorstellen, welchen verrückten Unsinn manche Leute für ihren Beruf treiben müssen."
„Das ist ja schrecklich. Müssen alle Leute ihrem Beruf Opfer bringen?", fragte Kleine Adlerfeder bekümmert.
Sorgenvoll nickte Panadel. „Ja, alle. Es ist nicht einfach, einen Beruf zu haben."
„Ich fürchte, ein solches Opfer könnte ich nicht bringen."
Kleine Adlerfeder seufzte tief.
„Oh, ich könnte dir Geschichten erzählen!", fuhr der Clochard fort. „Als ich noch Professor war ..."
„Du warst ein Professor?", unterbrach ihn Kleine Adlerfeder.
„Ja, Professor und Eisenbahner. Alle Clochards waren einmal Professoren und Eisenbahner", erklärte er Kleiner Adlerfeder, der ihn staunend betrachtete.
Dann sprach der Clochard weiter: „Als ich Professor war, kannte ich einen General, dessen Pflicht es war, die Leute totzuschießen. Er hat sich dadurch nicht viele Freunde gemacht. Schließlich besuchte ihn niemand mehr, weil er alle nur erschießen wollte. Der General war sehr unglücklich, als keiner mehr zu ihm kam.

Wie sollte er seine Pflicht erfüllen! Endlich erschoss er sich selbst."

„Wie furchtbar!", entfuhr es Kleiner Adlerfeder.

Doch Panadel widersprach ihm: „Ganz im Gegenteil. Als er sich erschoss, war er glücklich und zufrieden, weil er seine Pflicht erfüllte. Er war der vernünftigste General, den ich je kennen lernte."

Kleine Adlerfeder schwieg eine Zeit und bemerkte dann kopfschüttelnd: „Die Erwachsenen sind sehr sonderbare Leute. Ich glaube nicht, dass ich erwachsen werden will."

„Daran habe ich auch schon gedacht", gestand ihm der Clochard.

Mit solchen Gesprächen vertrieben sich die Freunde die Zeit. Kleine Adlerfeder war erleichtert, weil er nicht allein auf seine Entdeckungen warten musste. In sein Tagebuch malte er einen Kringel, was bedeuten sollte: ‚Mein lieber Freund, Panadel der Clochard, ist gekommen. Endlich bin ich nicht mehr einsam.'

Gelegentlich sahen sie aus dem Gazefenster, Kleine Adlerfeder aus dem rechten und Panadel der Clochard aus dem linken. Und so stellten sie fest, dass der Mond noch immer schien und es nicht regnete. Plötzlich sagte Panadel: „Pssst."

Kleine Adlerfeder erstarrte. Ganz deutlich hörte er nun auch das Geräusch. Etwas Unbekanntes schlich um das Zelt und raschelte und knisterte im Gras.

Kleine Adlerfeder war sehr gespannt. Endlich war die Entdeckung vor der Tür, oder besser gesagt, vor dem

Zelt. Und er hatte auch kaum Angst, da ja der Clochard bei ihm war.
Der Reißverschluss des Zeltes bewegte sich, dann sah man eine Hand, dann einen Arm.
„Ach, du bist es. Komm nur rein, Falscher Prinz“, rief der Clochard.
Und dann erschien tatsächlich der Falsche Prinz im Zelt. So waren sie nun zu dritt und sprachen über dies und das, bis Panadel vorschlug, Karten zu spielen. Aus den prall gefüllten Taschen seines Mantels fischte er ein abgegriffenes Kartenspiel und zeigte Kleiner Adlerfeder und dem Falschen Prinzen, wie man ‚Dicker Schneiderkarpfen‘ spielt. Er behauptete, er habe es am französischen Königshof gelernt, wo man es jeden Abend zu spielen pflege.
‚Dicker Schneiderkarpfen‘ war insofern ein bemerkenswertes Spiel, als der Clochard den beiden fortwährend neue Spielregeln mitteilte. So überraschte er seine Mitspieler, als er seine höchste Karte, ein rotes Ass, zweimal ausspielte. Er beteuerte, dass ebendiese Karte im Dicken-Schneiderkarpfen-Spiel mehrmals stechen dürfe. Als der Falsche Prinz beim nächsten Spiel das rote Ass erhielt, war es allerdings überhaupt nichts wert. Der Clochard erklärte dem erstaunten Falschen Prinzen, bei einem königlichen Spiel wie ‚Dicker Schneiderkarpfen‘ habe man es oft, dass die Karten ihren Wert wechseln: „Das ist eben je nachdem, wenn du verstehst, was ich damit meine.“
Es muss wohl nicht gesagt werden, wer die meisten Spiele gewann, zumal Panadel der Clochard ganz ent-

setzlich betrog und meistens zwei Karten mehr in der Hand hatte als die beiden Mitspieler. Jedes Mal wenn er einen Stich machte, haute er seine Karte auf den Zeltboden und brüllte dabei: „Nicht jeder Vogel ist ein Adler.“
Oder: „An einer Kuh hängt nun mal kein Pferdeschwanz.“
Oder auch: „Ein gekochtes Huhn legt keine goldenen Eier.“
Als Kleine Adlerfeder wissen wollte, was diese Sprüche bedeuten, sagte Panadel: „Am französischen Königshof bedeuten sie so viel wie guten Tag oder grüß Gott. So geht’s halt in der vornehmen Welt zu.“
Und dabei steckte er ein paar Karten in die rechte Manteltasche und holte aus der linken Westentasche drei neue hervor, mit denen er dann weiterspielte und gewann.
Sie waren eben bei der zehnten Kartenpartie, als alle drei deutlich hörten, wie jemand den Namen von Kleiner Adlerfeder rief. Wie gebannt starrten sie auf den Zelteingang, um zu sehen, welche Entdeckung nun hereinspaziert käme.
Es sollte in dieser Nacht nicht die letzte Störung gewesen sein.
Am nächsten Morgen, lange nachdem die Sonne aufgegangen war, kam Katinka mit einer Kanne Kakao und frischen Semmeln in den Garten. Als sie in das Zelt hineinblickte, schliefen alle noch. Unter einer karierten Decke lagen Kleine Adlerfeder und Panadel der Clochard, der Falsche Prinz, Jakob Borg und Schnauz der Esel.
Sie schnarchten.

Katinka war empört. „So hab ich mir das gedacht. Natürlich. Alle fünf stecken unter einer Decke. Dieses Im-Zelt-Schlafen ist nichts als eine ausgemachte Lümmelei."
Als sie später den Kakao tranken und die Buttersemmeln aßen, fragte Panadel mit vollem Mund: „Was ist mit deiner Entdeckung, Kleine Adlerfeder?"
Kleine Adlerfeder überlegte lange und sagte: „Ich glaube, ich habe doch noch etwas entdeckt."
Dann nahm er das Schulheft und malte eine große Schleife hinein.
Jakob Borg, der ihm über die Schulter sah, fragte ihn: „Was schreibst du da? Ich kann es nicht entziffern."
„Es ist mein Tagebuch", erklärte Kleine Adlerfeder stolz, „hier trage ich alle Entdeckungen und Erfindungen in einer Geheimschrift ein."

„Liest du es uns vor?“, bat der Falsche Prinz.
Auch der Esel war neugierig geworden.
„Lies bitte vor. Entdeckungsreisen sind meine Lieblingslektüre.“
Kleine Adlerfeder war vor Aufregung und Stolz ganz blass, als er vorzulesen begann: „‚Die Entdeckungen und Erfindungen von Kleiner Adlerfeder, die er selbst gemacht hat.‘ Das ist der Titel.“
„Ein sehr guter Titel“, lobte Jakob Borg, „da weiß man gleich, was man erwarten kann.“
Kleine Adlerfeder wurde vor Freude rot im Gesicht.
„‚Die erste Entdeckung. Noch ist alles still. Ich bin schrecklich allein im Zelt. Ich befürchte, dass es in diesem Erdteil nichts mehr zu entdecken gibt.
Mein lieber Freund, Panadel der Clochard, ist gekommen. Endlich bin ich nicht mehr einsam.
Mit dem Falschen Prinzen spielen wir Dicker Schneiderkarpfen. Der Clochard gewinnt immer.
Jakob Borg ist jetzt gekommen. Wir sind gar nicht müde. Schnauz der Esel passt auch noch ins Zelt.
Am Morgen kommt Katinka mit Kakao und frischen Semmeln. Ich entdeckte, dass ich sehr gute Freunde habe.‘“
Es war still im Zelt, nachdem Kleine Adlerfeder sein Tagebuch vorgelesen hatte.
Selbst Katinka war gerührt, als sie sagte: „Und doch sollte man mit einer Schnupfnase nicht im Zelt übernachten.“
Panadel der Clochard legte eine Hand um die Schultern von Kleine Adlerfeder. Er musste sich erst räus-

pern, bevor er sprechen konnte: „Du hast eine wunderbare Entdeckung gemacht, Kleine Adlerfeder. Ich glaube nicht, dass man jemals auf der Welt etwas Schöneres und Wichtigeres entdeckt hat.“
Kleine Adlerfeder war glücklich. Er wusste jetzt, dass er ein richtiger Entdecker war.

Das 3. Kapitel

in dem ich auf die Unbesiegbare klettere und erfahre, warum Katinka an ihrem Geburtstag so unglücklich war und wieso ein Künstlerfest Jakob Borg Kummer macht.

Es war Sommer geworden. Ich ging am Blabberfluss spazieren und dachte über die Welt und meine Freundin nach, die mich beide enttäuscht hatten. Ich bedauerte mich von Herzen.
Plötzlich rief mich jemand: „Hallo!"
Ich sah mich um. Keiner war zu sehen. Ich schüttelte den Kopf und wollte eben weitergehen, als nochmals „Hallo!" gerufen wurde.
Ich blickte nach hinten und nach vorn, nach rechts und nach links: Ich konnte niemanden entdecken.
„Ich bin hier oben. Hier oben auf der Unbesiegbaren", rief eine Stimme.
Als ich aufblickte, sah ich Jakob Borg. Er saß auf einer Weide und winkte mir zu.
„Komm rauf", sagte er.
„Wie soll ich da hochkommen?", erkundigte ich mich.
„Warte einen Moment." Er warf eine Strickleiter herunter, auf der ich bequem nach oben klettern konnte.
„Willkommen auf der Unbesiegbaren", begrüßte mich Jakob.
„Die Unbesiegbare?", fragte ich, „wer ist das?"

„Das ist mein Baum", sagte Jakob stolz, „keiner kann ihn bezwingen. Hier bin ich unbesiegbar, verstehst du?"
Ganz oben auf dem Stamm der Weide, dort wo die Äste mit den grünen Blättern wachsen, hatte Jakob seinen Sitz. Es war recht gemütlich.
„Ein sehr schöner Platz", lobte ich.
„Ja", sagte Jakob, „hier oben kann man prima Hallo rufen."
„Hallo? Wie meinst du das?"
„Nun, wenn Leute vorbeikommen, musst du einfach Hallo rufen. Du wirst sehen, sie drehen sich dann wie ein Kreisel, um herauszubekommen, wer da gerufen hat. Und hier oben entdecken sie einen nie. Das ist ein Spaß."
„Ach so", sagte ich, „so wie eben mit mir?"
„Ja, ja." Jakob nickte erfreut. Er zog die Strickleiter hoch und steckte sie in einen Spalt, der in der Weide klaffte.
„Was ist da noch drinnen?", fragte ich.
„Komm mit, ich zeige es dir", sagte Jakob.
Er stand auf und zwängte sich durch den Spalt. Als er verschwunden war, rief er nochmals: „Komm."
Ich versuchte es, aber für mich war der Spalt zu schmal.
„Es geht nicht", rief ich hinein.
Jakob kam wieder hervor und sah mich an. „Ja, du bist viel zu dick", stellte er fest.
„Was hast du da drinnen?", fragte ich ihn.
„Da drinnen ist ..."
Er unterbrach sich und sah mich prüfend an. „Du kommst da wirklich nicht hinein?"

„Ausgeschlossen", erwiderte ich.
„Nun", fuhr er beruhigt fort, „da drinnen habe ich meine Spielsachen und mein Bett ..."
„Ein Bett?", rief ich verwundert, „wie kann da ein Bett hineinpassen?"
„Es ist ein kleines Bett", erläuterte Jakob, „ein kleines Bett und ein Stuhl und eine Lampe."

„So viel passt da hinein?", fragte ich erstaunt.
„Aber ja", nickte Jakob, „schade, dass du zu dick bist. Ich könnte es dir zeigen. Außerdem habe ich noch ein Aquarium und einen Fernsehapparat und einen Schrank voller Schokolade und ..."
„Das ist unmöglich", sagte ich, „die Weide ist viel zu klein für so viele Dinge."
„Es ist ein kleiner Fernsehapparat und ein sehr kleiner Schrank", räumte Jakob ein.
„Trotzdem erstaunlich", sagte ich.
„Ja, die Unbesiegbare ist ein herrlicher Baum", stimmte mir Jakob zu. „In den Ferien wohne ich oft hier."
„Mit all deinen Freunden?"
„Natürlich", bestätigte er, „wir essen hier oben. Dann sehen wir ein bisschen fern. Und abends schlafen wir hier zusammen."

„Das ist die erstaunlichste Weide, die ich je gesehen habe", sagte ich kopfschüttelnd.
Jakob verschwand in dem Baumspalt. Als er wiederkam, brachte er eine Limonadenflasche und Puffmais. Und während ich es mir schmecken ließ und mit der Welt wieder ganz zufrieden war, erzählte mir Jakob:

Wie der Falsche Prinz und Kleine Adlerfeder ein Wildpferd einfingen.

Katinka hatte einen Traum.
Natürlich träumte sie jede Nacht einen anderen Traum, aber eigentlich war es immer der gleiche. Sie träumte ihn nicht nur, wenn sie schlief, nein, auch am helllichten Tage. Wenn es draußen regnete und Katinka am Fenster saß und hinaussah oder wenn sie mit einem Buch in der Ecke hockte, aber nicht las, sondern in die Luft starrte, dann wussten alle, Katinka träumt ihren Traum. Und ihr Traum war ein Pferd. Manchmal, wenn sie am Fenster saß, seufzte sie und sagte: „Ach, wenn ich doch ein Pferd hätte!" Und wenn sie in die Luft starrte, meinte sie: „Es könnte ja ein kleines Pferd sein, ein winzig kleines." Und dann seufzte sie wieder und träumte.
Katinka wusste alles über Pferde. Sie hatte jedes Buch darüber gelesen. Sie kannte die verschiedenen Rassen und wusste, was sie fressen und wie man sie striegeln und tränken muss. Über ihrem Bett, dem roten Sofa, war die Wand mit Pferdefotos bedeckt. In allen Größen

und Farben konnte man sie da erblicken. Auf einem Bord neben dem Bett stand ihre Pferdesammlung. Da gab es Pferde aus Glas und Keramik, aus Gips und aus Messing. Sogar ein japanisches Papierpferd war da zu sehen. Es gab dort springende, galoppierende und tänzelnde Pferde, kräftige Apfelschimmel und schlanke, feurige Rappen, Zirkuspferde mit geschmücktem Zaumzeug, winzige Ponys und Ackergäule, die einen Wagen zogen. Und Katinka hatte für jede Figur einen anderen Namen. Sie träumte Tag und Nacht davon, ein Pferd zu besitzen. Jakob Borg hatte gesagt: „Sei vernünftig, Katinka. Was sollen wir hier mit einem Pferd! Ein Zimmer ist kein Pferdestall."

Das sah Katinka auch ein, aber im Stillen sagte sie sich, dass es trotzdem schön wäre.

Zu ihrem Geburtstag bekam sie – wie in jedem Jahr – kleine Pferdefiguren geschenkt. Sogar Schnauz der Esel brachte ihr ein Pferdchen, das er selber aus Knete angefertigt hatte. Für einen Esel ist das recht schwer, denn wenn man keine Finger, sondern Hufe besitzt, hat man viel Mühe beim Kneten. Sein Geschenk sollte ein wieherndes Pferd darstellen, erinnerte aber mehr an ein Spiegelei, das auf einer Straßenpfütze schwamm. Als Schnauz es ihr überreichte, sagte er: „Ein frohes Geburtstagsfest für dich. Das Pferdchen hab ich selbst geknetet."

„Danke, Schnauz, vielen, vielen Dank", sagte Katinka. Und dann brach sie plötzlich in Tränen aus.

Der Esel war bestürzt. „Wein doch nicht, Katinka. Es ist mir etwas verunglückt, ich weiß. Aber als es fertig war, schien die Sonne so stark, dass es ein wenig zusammengelaufen ist. Ach ja. Ach ja."

„Nein, Schnauz, es ist sehr schön. Darum weine ich gar nicht. Es ist doch nur, weil ich so gerne ein Pferd, ein richtiges Pferd haben möchte", sagte Katinka und dann weinte sie wieder.

Die Freunde waren bedrückt, und keiner wusste so recht, wie man sie trösten konnte.
Die Geburtstagsfeier wurde noch sehr schön, wenn auch Katinka den ganzen Tag etwas verweinte Augen hatte. Am Nachmittag gab es Kuchen, und bis zum Abend spielte man Blindekuh und Topfschlagen, wobei man Luftballons und Bleistiftspitzer gewinnen konnte. Vor dem Schlafengehen zogen sie mit Lampions dreimal um das Haus. Es war sehr spät, als endlich alle im Bett waren.
Trotzdem konnte der Falsche Prinz nicht einschlafen. Zu Kleiner Adlerfeder sagte er: „Ich muss immerzu an Katinka denken. Ich mache mir ihretwegen Sorgen."
„Ja, das ist schrecklich. Wenn ich mir vorstelle, dass ich an meinem Geburtstag weinen muss, wird mir jetzt schon traurig zumute", flüsterte Kleine Adlerfeder und schniefte einmal.
„Wir müssen ihr helfen, Kleine Adlerfeder."
„Das ist eine gute Idee. Was schlägst du vor?"
„Wir müssen ihr ein Pferd besorgen."
Kleine Adlerfeder richtete sich erschrocken auf.
„Ein Pferd?"
„Psst!", machte der Falsche Prinz, da Kleine Adlerfeder vor Schreck vergessen hatte, dass die anderen bereits schliefen. „Ja, wir müssen ihr ein Pferd besorgen. Ein richtiges Pferd."
„Und wie?"
„Das weiß ich auch nicht", sagte der Falsche Prinz bekümmert.

Kleine Adlerfeder überlegte: „Vielleicht kann man es in einem Laden kaufen."
„Unsinn", mischte sich Panadel der Clochard in das Gespräch ein. Er schlief auch noch nicht. „Unsinn. Pferde kauft man nicht in einem Laden. Ein Pferd muss man stehlen."
„Stehlen?"
„Selbstverständlich. Habt ihr nie davon gehört? Man geht zu einem Pferdedieb und sagt zu ihm: Lieber Pferdedieb, die Sache ist so und so, bitte stiehl mir ein Pferd. Und eins, zwei, hast du nicht gesehn, steht dein Pferd da. So einfach ist das."
„Ich glaube nicht, dass Katinka sich ein gestohlenes Pferd wünscht."
„Wir brauchen es ihr ja nicht zu erzählen, dass es gestohlen ist", schlug Panadel vor. „Sagen wir einfach, es sei vom Himmel gefallen."
„Nein, ein gestohlenes Pferd und eine Lüge dazu, das wird Katinka nicht gefallen. Und mir auch nicht", entschied unwiderruflich der Falsche Prinz.
Der Clochard war gekränkt. „Ich bin, potz Blitz, ein Kerl, mit dem man Pferde stehlen kann. Aber wenn ihr nicht wollt, können wir die Konferenz gleich beenden."
„Welche Konferenz?", erkundigte sich Kleine Adlerfeder.
„Das sagt man so", brummte Panadel, drehte sich um und schloss die Augen.
Die beiden Freunde grübelten und grübelten, wie sie zu einem Pferd kommen könnten. Schließlich erklärte der

Falsche Prinz: „Wir werden für Katinka ein Wildpferd einfangen."
„Ein Wildpferd!" Kleiner Adlerfeder verschlug es den Atem. Natürlich, ein Wildpferd! Nichts einfacher als das. Warum war ihm das nicht eingefallen?
„Wir werden gleich morgen früh in das Blabberholz ziehen und es einfangen. – Warum sagst du nichts, Kleine Adlerfeder?"
„Oh, ich – ich – ich denke, über ein Wildpferd wird sich Katinka sicher freuen."
„Das meine ich auch", sagte der Falsche Prinz zufrieden und schloss erleichtert die Augen. Er schlief gleich ein und träumte, wie er eine Herde von Wildpferden einfing und sie alle Katinka schenkte.
Katinka war sehr glücklich. In seinem Traum legte sie einen Arm um ihn und sagte, er sei der beste Freund, den sie habe. Und dann saßen sie den ganzen Tag Hand in Hand auf der Wiese und sahen ihren Wildpferden zu, die übermütig um sie herumsprangen.
Kleine Adlerfeder konnte noch lange nicht einschlafen. Ihn beschäftigten viele Fragen. Ein Wildpferd, warum ist mir das nicht eingefallen? Warum fällt mir überhaupt alles erst ein, wenn es einem anderen schon eingefallen ist? Es wäre doch schön, wenn alle sagten: Oh, das Wildpferd, das ist eine Idee der Kleinen Adlerfeder. Er hat immer so gute Einfälle.
Aber auch andere Probleme hatte er zu überlegen.
Wie sieht so ein Wildpferd überhaupt aus? Ob es aus seinem Maul Feuer speit? Und wie viel Köpfe hat so

ein Wildpferd? Und was wird es dazu sagen, wenn wir es einfangen?

Am nächsten Morgen, nachdem Jakob Borg in die Schule gegangen war, sprachen die beiden Freunde mit Katinka.

„Katinka, wir haben beschlossen, ein Wildpferd für dich einzufangen."

„Ein Wildpferd? Für mich?", fragte Katinka glücklich und wurde rot vor Freude.

„Ja. Gestern Abend hatten wir diesen Einfall", fügte Kleine Adlerfeder nachlässig hinzu.

Katinka war so glücklich, dass sie nicht wusste, was sie antworten sollte. Sie strahlte die beiden Freunde an und sagte nur: „Oh!"

„Die Schwierigkeit ist nur, dass wir nicht wissen, wie so ein Wildpferd aussieht", murmelte der Falsche Prinz verlegen und Kleine Adlerfeder fügte hinzu: „Wir ha-

ben nämlich noch nie ein richtiges Pferd gesehen, und schon gar kein Wildpferd."
„Wenn's weiter nichts ist", unterbrach ihn Katinka und gab den beiden die genaue Beschreibung eines Wildpferdes: „Ihr müsst wissen, es hat einen wunderschönen Kopf mit zwei wunderschönen Augen. Sein Fell ist wunderbar weich. Und sein Schwanz, den man Schweif nennt, ist wie ein Wunder. Und dann hat es noch vier Beine, vier wunderschöne Beine."
Sie überreichte den beiden ein kleines Wildpferd aus gelbem Glas. Sogar ein Halfter aus rosa Wolle gab sie ihnen mit, das sie selbst gestrickt hatte.
Der Falsche Prinz und Kleine Adlerfeder machten sich auf den Weg. Den ganzen Vormittag streiften sie durch das Blabberholz, ohne die Spur eines Wildpferdes zu sehen. Mehrmals liefen sie den Fluss auf und ab, aber auch dort war kein Wildpferd. Sie entdeckten Schlangen und Frösche, Eidechsen, einen Maulwurf und ein Reh. Jedes der Tiere betrachteten sie aufmerksam und von allen Seiten, aber keins sah so aus wie die gelbe Glasfigur. Ein Wildpferd einzufangen war eine schwierige Aufgabe.
Erschöpft ließen sich die beiden am Waldrand nieder.
„Vielleicht gibt es im Blabberholz keine Wildpferde."
„Ich fürchte, du hast Recht", seufzte der Falsche Prinz.
„Vielleicht ist es mit den Wildpferden wie mit den Pilzen. Es gibt Wälder, wo Pilze wachsen, und es gibt Wälder, wo keine Pilze zu finden sind."
„So wird es sein", sagte der Falsche Prinz bedrückt und

dann fügte er hinzu: „Was sollen wir bloß Katinka sagen!“
Die beiden lagen im Gras und hingen ihren Gedanken nach. Über ihnen schaukelten träge ein paar Hummeln und um sie herum krabbelten geschäftig die Ameisen.
Der Falsche Prinz träumte davon, wie er in einen Wildpferd-Wald kam. Dort schossen die Wildpferde wie die Pilze aus dem Boden und er konnte sie körbeweise einsammeln.
Kleine Adlerfeder dachte an Jakob Borg und überlegte, was er an seiner Stelle machen würde.
Der Falsche Prinz pflückte gerade den vierten Korb mit Wildpferden voll, als ihn Kleine Adlerfeder aufgeregt anstieß.
Falscher Prinz setzte sich auf und da sah er – da sah er: „Ein Wildpferd! Ein Wildpferd!“, flüsterte er tonlos.
Kleine Adlerfeder war blass geworden und nickte nur. Beide starrten wortlos auf das Tier, das vor ihnen stand und sie ansah.
Es musste ein Wildpferd sein, es gab gar keinen Zweifel. Langsam holten sie die gelbe Glasfigur aus der Tasche und verglichen sie mit dem Tier.
„Sie sind sich zum Verwechseln ähnlich“, flüsterte der Falsche Prinz.
„Ja, sie haben die gleiche Farbe.“
Die beiden Freunde und das Wildpferd betrachteten sich eine Weile gegenseitig, ohne sich zu rühren.
„Ich dachte, Wildpferde seien eigentlich etwas größer“, bemerkte Kleine Adlerfeder dann zweifelnd.

Aber der Falsche Prinz beruhigte ihn: „Es ist ein kleines Wildpferd, aber es wird wachsen, du wirst sehen."
Er streckte seine Hand aus und das Wildpferd kam näher. Es schmiegte sich an ihn und stupste ihn mit der Schnauze an.
„Hol schnell das Halfter heraus", flüsterte der Falsche Prinz.

Und vorsichtig, sehr, sehr vorsichtig holte Kleine Adlerfeder das rosa Wollhalfter aus der Tasche und legte es dem Wildpferd um. Er fürchtete, das Wildpferd könnte ihn beißen oder mit seinen Hufen ausschlagen. Doch es blieb still stehen und ließ es sich gefallen.
„Es hat wirklich einen wunderschönen Kopf und zwei wunderschöne Augen."
„Ja, und ein wunderbar weiches Fell, so wie Katinka es beschrieben hat."

„Und einen so schönen Schweif habe ich auch noch nie gesehen."
Die beiden machten sich mit ihrem eingefangenen Wildpferd auf den Heimweg.
Das Wildpferd lief brav hinter ihnen her. Manchmal blieb es stehen und ließ seinen langen Schweif durch die Luft gleiten. Dann blieben auch die beiden Freunde stehen und warteten, bis das kleine Wildpferd sich bequemte weiterzulaufen. Sie wollten es nicht verärgern, denn man wusste nicht, was ein ärgerliches Wildpferd anstellen würde.
Zu Hause angekommen, brachten sie es gleich zu Katinka. Sie waren gespannt, was sie sagen würde.
Katinka betrachtete das Wildpferd lange und sagte zweifelnd: „Seid ihr auch sicher, dass dies ein Wildpferd ist?"
„Natürlich, Katinka, es ist so, wie du es beschrieben hast."
„Und es ist auch so gelb wie dein Glaswildpferd."
„Ich dachte nur, dass Wildpferde ein wenig größer sind", wandte Katinka ein.
Der Falsche Prinz erklärte ihr: „Es gibt große und kleine Wildpferde. Und unseres gehört eben zu den kleinen."
„Es wird schon noch wachsen, Katinka, wenn du es gut fütterst", tröstete Kleine Adlerfeder sie.
Das sah Katinka ein, und sie überlegten, was ein Wildpferd frisst. „Eigentlich fressen Wildpferde Hafer. Aber meins ist ja noch soo klein. Es will sicher noch Milch trinken."

Sie holte eine Schüssel mit Milch aus der Küche und stellte diese auf den Fußboden. Das Wildpferd stürzte sich über die Milch und leckte und schleckte die Schüssel aus.
Kleine Adlerfeder staunte: „Das hat aber Hunger."
„Alle Fohlen haben Hunger. Sie müssen ja noch wachsen. Sie müssen noch groß werden", erwiderte Katinka.
Sie holte noch mehr Milch für das Wildpferd und das Wildpferd schmatzte auch die zweite Schüssel leer. Dann sah es zu Katinka, aber Katinka schüttelte den Kopf: „Nein, mehr bekommst du nicht, mein kleines Wildpferd. Jetzt müssen wir dich zähmen, verstehst du, weil du ja so furchtbar wild bist."
Sie bauten im Kinderzimmer den Tisch und die Stühle so um, dass viele kleine Hürden entstanden.
„Spring, mein Wildpferd, spring!"
Das Wildpferd dachte jedoch gar nicht daran, zu springen. Es legte sich auf den Teppich und ließ seinen Schweif durch die Luft segeln und kümmerte sich überhaupt nicht um die drei.
„Spring endlich!", rief der Falsche Prinz ärgerlich und stieß es an.
Da aber drehte das Wildpferd den Kopf zum Falschen Prinzen um und fauchte ihn so wütend an, dass der erschrocken zurückfuhr.
„Pass auf, dass es dich nicht mit seinen Hufen schlägt!", warnte Katinka.
Doch das Wildpferd dachte offenbar überhaupt nicht daran, auszuschlagen. Es erhob sich langsam und beroch die aufgestellten Hürden. Dann lief es zur Milchschüs-

sel, leckte ein wenig daran und zog sich hinter den Kachelofen zurück.

Jetzt war guter Rat teuer. Die Freunde lagen vor dem Kachelofen und baten und bettelten. Aber es war umsonst. Das Wildpferd blinzelte nur müde und dachte gar nicht daran, hervorzukommen.

Als Jakob Borg aus der Schule kam, lagen Katinka, der Falsche Prinz und Kleine Adlerfeder noch immer vor dem Ofen und versuchten, das Wildpferd hervorzulocken.

„Komm, Wildpferd. Liebes, kleines Wildpferd, komm hervor."

„Was macht ihr da?", erkundigte sich Jakob Borg.

Der Falsche Prinz erklärte verlegen: „Ach, nichts weiter. Wir versuchen, das Wildpferd unter dem Ofen hervorzulocken.“

„Ein Wildpferd? Unter dem Kachelofen?“, fragte Jakob Borg ungläubig.

„Ja, es hat sich dort versteckt, weil es nicht gezähmt werden will“, erklärte Katinka.

Jakob Borg legte sich nun auch vor den Ofen und starrte darunter.

Er sah zwei gelb leuchtende Augen, die ihn anblitzten. Vorsichtig streckte er seine Hand aus.

„Pass auf! Es schlägt mit den Hufen!“, rief Katinka.

Aber es war zu spät. „Au! Es hat mich gekratzt“, schrie Jakob Borg auf und zog schnell seine Hand hervor.

Quer über den Handrücken hatte er eine blutige Schramme.

Kleine Adlerfeder betrachtete sie entsetzt. „Es ist noch ein sehr wildes Wildpferd.“

„Ja, wir haben es noch nicht gezähmt. Wir müssen alle nett zu ihm sein, damit es merkt, dass wir seine Freunde sind“, sagte Katinka entschuldigend.

Jakob Borg wollte davon aber nichts hören. Er holte einen Besen aus der Küche und stocherte so lange damit hinter dem Ofen herum, bis das Wildpferd hervorschoss, die aufgebauten Hürden umrannte und auf das Fensterbrett sprang.

Da stand es nun und fauchte die Freunde an.

Kleine Adlerfeder war starr vor Schreck. Ängstlich griff er nach der Hand von Jakob Borg und sagte atemlos

zu ihm: „Du musst keine Angst haben, Jakob, wir zähmen es bald.“
Jakob Borg betrachtete erstaunt das Wildpferd auf dem Fensterbrett. „Ich fürchte, das ist kein Wildpferd, was ihr da eingefangen habt.“
„Kein Wildpferd?“ Der Falsche Prinz war erstaunt. „Meinst du, es ist schon gezähmt?“
„Ich weiß nicht, ob es gezähmt ist oder nicht. Jedenfalls ist es kein Pferd und ein Wildpferd auch nicht.“
„Woher willst du das wissen?“, erkundigte sich ungläubig der Falsche Prinz.
„Weil es eine Katze ist“, erklärte Jakob Borg.
Kleine Adlerfeder und der Falsche Prinz blickten betroffen zu dem Wildpferd, das auf dem Fensterbrett saß und plötzlich eine Katze sein sollte.
„Ich hatte mir auch schon so etwas gedacht“, bemerkte Katinka, „besonders, weil dieses Wildpferd einen Katzenschnurrbart trägt.“
Das war natürlich eine unangenehme Überraschung für die zwei Wildpferd-Jäger. Verlegen sagte der Falsche Prinz zu Katinka: „Ich fürchte, wir haben da etwas verwechselt, Katinka ...“
Doch Katinka unterbrach ihn. „Ach, weißt du, vielleicht ist ein Pferd für unser Zimmer doch etwas zu groß. Und ob ich eine Katze zähme oder ein Wildpferd, das ist eigentlich kein großer Unterschied.“
Der Falsche Prinz nickte erleichtert. So groß ist der Unterschied zwischen einem Wildpferd und einer Katze ja wirklich nicht.
Katinka aber saß neben der gelben Katze und streichel-

te ihr Fell. Sie war ein bisschen traurig und ein bisschen froh. Sie freute sich, dass sie nun eine eigene Katze besaß. Und gleichzeitig war sie unglücklich, weil ihr Traum von einem Pferd ein Traum geblieben war. Aber ein Traum, sagte sie sich dann, ist auch etwas Schönes. Wann immer ich will, kann ich von meinem Pferd träumen. Ein Traum ist nie zu groß, er passt überall rein, selbst ins kleinste Kinderzimmer. Er gehört mir allein und ich werde ihn nie verlieren.
So saß Katinka neben ihrer Katze, drückte sie fest an sich und träumte von ihrem Pferd.

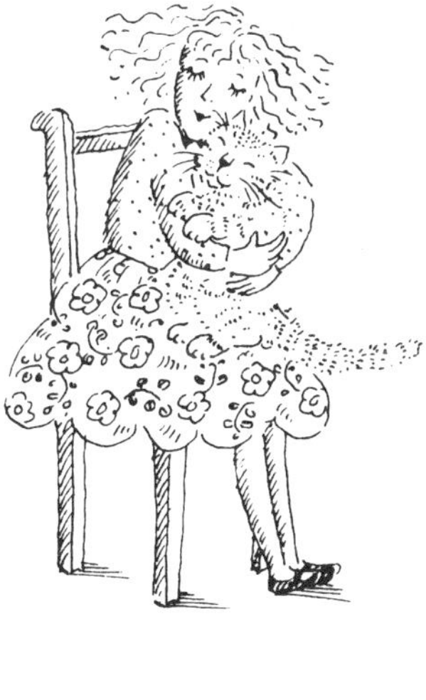

Wir saßen auf der Unbesiegbaren und beobachteten die Umgebung. Der Wind bewegte die Zweige der Weide und der Blabberfluss plätscherte dahin. Ein großer Hirschkäfer landete laut schwirrend neben mir, betrachtete mich und flog brummend davon.

„So eine prächtige Weide wie deine Unbesiegbare", sagte ich zu Jakob, „ist ein schönes Haus. Ein vorzüglicher Schlupfwinkel. Keiner kann dich entdecken."
Jakob nickte. „Es ist nicht schwer, eine Unbesiegbare zu finden. Ich kenne noch ein paar Bäume, in denen man sich gut verstecken kann."
„Du meinst Weiden mit einem hohlen Stamm?", fragte ich.
„Ja", sagte er, „du musst nur ein bisschen suchen, dann findest du schon eine für dich."
Wir sahen durch die Zweige der Unbesiegbaren und hofften, dass ein Spaziergänger vorbeikommen würde. Dann könnten wir Hallo rufen und uns prächtig amüsieren. Aber leider, es kam keiner vorbei.

„Willst du noch Limonade?", fragte Jakob. Und während er mir eingoss, begann er zu erzählen:

Wie der Falsche Prinz ein Klavierkonzert gab und ein Mädchen in einem roten Kleid ein sehr langes Gedicht aufsagte.

Im Juni ging das Schuljahr zu Ende und für Jakob Borg begannen die Sommerferien. Aber zuvor gab es da noch das große Sommerschulabschlussfest. Am Samstagnachmittag sollte es stattfinden. Einige Schüler wollten Zauberkunststücke zeigen, andere Lieder und Gedichte vortragen oder auf einem Instrument spielen. Und anschließend sollte es Grillwürste und Punsch geben und bis in die Nacht hinein unter bunten Lampions getanzt werden.

Alle waren sehr aufgeregt und mit Vorbereitungen beschäftigt, nur Jakob Borg war bedrückt. Er saß zu Hause in der Zimmerecke, den Kopf auf beide Hände gestützt, und mit gekrauster Stirn grübelte er vor sich hin. Er sprach mit keinem der Freunde, so verzweifelt war er.

Auch Panadel der Clochard brütete finster vor sich hin. Er war verärgert. Auf dem großen Sommerschulabschlussfest wollte er ein Seemannslied singen, aber Katinka erlaubte es nicht.

„Du kannst dort unmöglich auftreten, mein Lieber. Schließlich ist es ein Künstlerfest, verstehst du?"

„Ich bin auch ein Künstler", erklärte Panadel selbstbewusst.

„Streite nicht. Der Falsche Prinz wird für uns auftreten. Wenn er Klavier spielt, werden alle begeistert sein."
„Ich nicht, so viel ist sicher."
„Der Falsche Prinz ist so begabt. Man könnte ihm stundenlang zuhören."
„Ja, wenn man sich zuvor die Ohren mit Watte verstopft hat", murmelte der Clochard verschnupft. „Wie dumm du bist, Panadel. Jedenfalls wird der Falsche Prinz und keinesfalls du auf die Bühne gehen."
Der Clochard war sehr gekränkt. Zu Jakob Borg, der stumm im Zimmer saß, sagte er: „Es ist unglaublich, wie man mich verkennt. Aber schön, wir werden ja auf dem Fest erleben, was man davon hat."
„Ich gehe überhaupt nicht zu diesem dummen Fest", sagte Jakob wütend.
Panadel nickte. „Ich verstehe. Ein Schulfest ohne ein Seemannslied ist überhaupt kein Fest."
„Lieber bin ich todkrank, als zu diesem Fest zu gehen", fauchte Jakob.
„Wie gut ich dich verstehe. Ich bin selbst krank vor Ärger."
„Ich will überhaupt nie mehr in die Schule gehen."
„Nun übertreibst du, Verehrtester", wandte der Clochard ein, „man kann nicht wegen einem Seemannslied gleich die ganze Schule sausen lassen."
„Wer redet denn von einem Lied!" Jakobs Augen blitzten vor Zorn. „Ich habe viel größeren Ärger."
„Was du nicht sagst. Erzähl", forderte Panadel ihn auf.

„Ich kann nicht darüber reden."
„Ein Geheimnis also. Sehr schön. Pack aus."
„Es ist so furchtbar, ich kann nicht darüber sprechen", klagte Jakob düster.

„Ein furchtbares Geheimnis. Hervorragend. Es gibt auf der Welt nichts Prächtigeres, als sich von Mann zu Mann über ein furchtbares Geheimnis zu unterhalten. Schieß los", stieß ihn der Clochard an.
„Nein. Ich kann das keinem Menschen erzählen." Jakob sah finster und entschlossen aus.
„Ich verstehe." Panadel nickte. „Schweigen wir. Schweigen wir wie die großen Schiffe auf dem Weltmeer."

Die beiden saßen still im Zimmer, machten verzweifelte Gesichter und hingen ihren trüben Gedanken nach.
Der Samstag kam und die Freunde gingen gemeinsam zum großen Sommerschulabschlussfest. Auch Jakob Borg und der Clochard gingen mit. Sie wollten den anderen nicht den Tag verderben.
In der Aula der Schule waren Bänke aufgestellt. Viele kleine und große Menschen saßen dort, lärmten und warteten darauf, dass es anfing. Dann traten die Künstler auf. Es wurde gezaubert und gesungen, gesprochen und getanzt und das Publikum applaudierte begeistert.
Und endlich erschien auch der Falsche Prinz auf der Bühne. Er trug einen hellblauen Samtanzug und einen weißen Seidenschal um den Hals. Tief verbeugte er sich, bevor er an das Klavier trat. Er setzte sich, schlug die Noten auf und rutschte auf dem Klavierhocker hin und her. Vorsichtig schlug er eine Taste an, verlegen und zaghaft.
Und dann spielte er. Er spielte, er spielte immer schöner, er spielte wunderbar. Er spielte so, dass man alles um sich herum vergaß.
Das Publikum war begeistert. Es klatschte in die Hände und trampelte mit den Füßen.
Die Freunde schrien Bravo! und Hurra!
Es schien, als wollte der Beifall kein Ende nehmen.
Katinka saß stumm auf ihrem Stuhl und sah zu dem Falschen Prinzen hoch, der sich immer wieder verbeugen musste. In ihren Augen waren Tränen der Freude.
Nur der Clochard war zurückhaltend. „Nett, sehr nett.

Mein Geschmack ist es allerdings nicht. Ich persönlich ziehe ein zünftiges Seemannslied vor." Und dann begann er zu singen: „Hej, hej, und 'ne Buddel voll Rum."

„Pssst." Jakob Borg bat ihn, still zu sein, und Panadel schwieg beleidigt.

Nach dem Falschen Prinzen trat ein Mädchen in einem roten Kleid auf die Bühne.

Der Clochard stieß Jakob an. „Wer ist das? Kennst du sie, Jakob?"

„Sie geht in meine Klasse. Sie heißt Katja", antwortete Jakob.

„Ah, was für ein hübsches Mädchen", stellte der Clochard fest.

Jakob rümpfte die Nase: „Ich möchte wissen, was an ihr hübsch sein soll!"

„Mir gefällt sie", sagte Panadel vergnügt.

Jakob fauchte: „Du kannst sie geschenkt haben."

„Warum so verärgert, mein Lieber?", erkundigte sich der Clochard erstaunt.
Katja, das Mädchen mit dem roten Kleid, sagte ein Gedicht auf. Es war ein sehr langes Gedicht. Es bestand aus zweiundzwanzig Strophen und nach jeder Strophe folgte ein Kehrreim. Und es sagte nicht mehr und nicht weniger, als dass ein gewisser Jemand einen anderen gewissen Jemand sehr liebt, aber sich eher die Zunge abbeißen würde, bevor er auch nur ein Wort darüber ausplaudert. Und über diese heimliche Liebe, von der keiner jemals etwas erfahren würde, sprach das Gedicht in allen seinen zweiundzwanzig Strophen. Der Kehrreim, der jeder Strophe folgte, lautete:

„Ich liebe, doch ich schweig
vom Liebsten, den ich hab.
Mit dem Geheimnis steig
ich in mein kühles Grab."

Die Lehrerin hatte auf Katja eingeredet, sich ein anderes, kürzeres Gedicht auszusuchen, aber Katja ließ nicht mit sich reden. Es musste dieses Gedicht sein und es mussten alle zweiundzwanzig Strophen sein mit allen zweiundzwanzig Kehrreimen.
Nach der dritten Strophe stieß der Clochard Jakob Borg an. „Merkst du nichts?"
„Was soll ich merken?", fragte Jakob.
„Sie schaut immerfort zu dir, Jakob." Panadel rieb sich vergnügt die Hände.

„Unsinn“, zischte Jakob. Er betrachtete interessiert seine Schuhspitze.

„Na schön“, knurrte Panadel, „vielleicht bin ich blind oder sie schielt.“

Verärgert schwieg er.

Als das Mädchen mit dem roten Kleid das fünfte Mal sagte, dass sie kein Wort sagen und ihr Geheimnis ins kühle Grab nehmen werde, stieß der Clochard Jakob wieder an. „Sie schaut unentwegt zu dir, mein Lieber. Ich fürchte, sie hat ein Auge auf dich geworfen.“

„Sieh einfach nicht hin."
Jakob fauchte ihn so wütend an, dass Panadel ihn erstaunt ansah.
Dann seufzte er tief und sagte nachdenklich: „Ich vermute, Jakob, dass ich dein furchtbares Geheimnis erraten habe."
Jakob erwiderte nichts.
Als Katja zum elften Mal verkündete, dass sie schweigen und kein Wort über ihre Liebe sagen werde, waren alle im Saal aufmerksam geworden. Sie betrachteten das Mädchen im roten Kleid, das auf der Bühne stand, und drehten dann die Hälse, um nach Jakob Borg zu sehen. Aber Katja und Jakob bemerkten das nicht. Katja sah unverwandt auf Jakob und rezitierte die restlichen Strophen und Kehrreime. Und Jakob hielt den Kopf gesenkt und starrte wütend auf seine Schnürsenkel.
Später gingen alle auf den Schulhof. Dort hingen Lampions und Luftschlangen, es gab Grillwürste und Punsch und es wurde getanzt. Nur Jakob Borg, Panadel der Clochard und Schnauz der Esel saßen abseits und sahen zu. Sie tanzten nicht. Katja, das Mädchen mit dem roten Kleid, hatte zwar Jakob aufgefordert, aber er hatte nur finster gemurmelt, dass er überhaupt nie tanze.
Der Clochard legte ihm die Hand auf die Schulter und sagte sorgenvoll: „Finden wir uns mit der Tatsache ab, Jakob, sie ist in dich verliebt."
Jakob schnaubte verächtlich: „Das interessiert mich überhaupt nicht."

„Das hilft nichts, Verehrtester.“ Panadel verdrehte die Augen. „Ich kenne die Welt.“
„Sie soll sich einen anderen zum Verlieben aussuchen.“ Jakob war den Tränen nahe.
„Es ist zappenduster, Jakob, sie hat dich ausgesucht. Glaub mir, mein Freund, dagegen ist kein Kraut gewachsen.“
Panadel legte sein Gesicht in tausend Falten. Jakob Borg stützte den Kopf auf seine Fäuste. Er war verzweifelt.
Schnauz der Esel erkundigte sich: „Hat sie es euch gesagt, dass sie verliebt ist?“
„Das muss sie nicht sagen, Schnauz, das sehe ich.“
„Ach ja?“
„Ja, Schnauz. Verliebte haben so etwas im Auge, verstehst du?“, erklärte Panadel.
„Sie haben etwas im Auge?“, fragte Schnauz entsetzt.
„Ja, so einen eigentümlichen Blick. Als wollten sie sich fortwährend ablecken.“
„Wie schrecklich.“ Schnauz schüttelte sich.
Der Clochard beruhigte ihn: „Ganz im Gegenteil, Schnauz. Ich war unzählige Male verliebt, es ist ein sehr angenehmes Gefühl.“
„Wie schön“, sagte der Esel ungläubig.
„Ja“, nickte Panadel. „Und außerdem erkennt man Verliebte daran, dass sie sich immerfort an den Händen halten. Du musst wissen, sie fürchten, dass sie sonst der Wind umbläst.“
„Wie unangenehm.“ Schnauz’ Fell sträubte sich vor Entsetzen.

„Falsch, Schnauz. Irgendwie ist auch das sehr angenehm. Ich kann es dir nicht erklären, aber es ist so." Der Clochard sah verträumt in den Himmel. „Wenn du verliebt bist, ist eben alles anders. Du bist vergnügt, wenn die Sonne scheint, und wenn es regnet, bist du vor Freude außer dir. Wenn es aber schneit oder donnert, bist du einfach glücklich. Es klingt verrückt, doch es ist die reine Wahrheit."

„Sind Katinka und der Falsche Prinz auch verliebt?", erkundigte sich der Esel.

„Was soll das heißen, Schnauz? Wie kommst du darauf?"

„Sie halten sich immer an den Händen fest“, sagte Schnauz, „ich habe es gesehen.“

„Tatsächlich?“

Sie sahen sich nach den beiden um.

Katinka und der Falsche Prinz tanzten zusammen. Sie hielten sich an den Händen und sahen sich stumm in die Augen.

Der Clochard wurde sehr nachdenklich. „Du könntest Recht haben, Schnauz.“ Und verschnupft fügte er hinzu: „Das würde mir manches erklären.“

„Haben die beiden auch etwas im Auge?“

„Das ist auf diese Entfernung nicht zu erkennen. Dieses Verliebtsein breitet sich scheinbar wie eine Seuche aus. Wo man hinblickt, überall Verliebte“, stellte Panadel missmutig fest.

„Ich will nichts mehr davon hören.“ Jakob stand wütend auf. Die Augen standen ihm voller Tränen. Dann drehte er sich um und rannte nach Hause.

Schnauz sah ihm betroffen nach. „Warum geht er schon? Das Fest ist doch noch gar nicht zu Ende ...“

„Ich fürchte, er ist auch verliebt, Schnauz“, sagte der Clochard. „Verliebte tun die unsinnigsten Dinge. Sie stellen die Welt auf den Kopf, wie andere Leute ein Ei aufschlagen. Schnauz, ich sage dir – ein Verliebter und ein Verrückter, du kannst sie beide über einen Leisten schlagen.“

Schnauz sah Panadel fassungslos an. „Wie fürchterlich.“

„Nun, es ist eine äußerst angenehme Verrücktheit. Ich habe da meine Erfahrungen.“

Und dann tranken Panadel der Clochard und Schnauz der Esel ein Glas Punsch und aßen jeder eine Grillwurst. Sie betrachteten die tanzenden Paare und dachten darüber nach, wie merkwürdig und seltsam es doch in der Welt zugeht.
Als sie alle am Abend nach Hause kamen, lag Jakob Borg bereits im Bett. Er schlief nicht, er las nicht, er sprach nicht, er war unansprechbar. Seit Stunden betrachtete er die Zimmerdecke, als ob es dort wunder was zu sehen gäbe.

„Was für ein schönes Fest es war. Und wie herrlich die Künstler gespielt haben.“ Katinka seufzte tief auf.
Der Clochard schüttelte missmutig den Kopf: „Ach, ein Sommerschulabschlussfest ohne Seemannslieder ist wie ein Fahrrad ohne Hupe. Und außerdem war das Gedicht viel zu lang.“
„Welches Gedicht?“, erkundigte sich Katinka. „Ich habe kein Gedicht gehört. Der Falsche Prinz hat so wunderbar auf dem Klavier gespielt ...“
Panadel wunderte sich: „Das Gedicht war so lang, es war überhaupt nicht zu überhören. Es sei denn, Katinka, man ist mit seinen Gedanken ganz woanders.“
„Er hat so gut wie noch nie gespielt.“ Sie strahlte den Falschen Prinzen an und der Falsche Prinz strahlte ebenso glücklich Katinka an.
Der Clochard betrachtete die beiden und stöhnte: „Ich verstehe, Katinka. Das ganze Fest war für dich der Falsche Prinz.“
„Du warst auch von ihm begeistert, Panadel, nicht wahr?“
„Selbstredend, Katinka. Ich schwärme von seinem Geklimper“, heuchelte der Clochard.
Leise erkundigte sich Schnauz der Esel bei dem Clochard: „Was hat sie? Ist sie verliebt?“
„Rettungslos, Schnauz.“
„Hast du’s gesehen? Hat sie was im Auge?“
„Das kann ein Blinder sehen“, sagte Panadel herablassend.
„Ach ja. Und was ist mit Jakob? Hat er auch etwas im Auge?“

„Das ist ein besonders schwerer Fall von Verliebtheit, Schnauz. Jakob ist unglücklich verliebt, wenn du verstehst, was ich meine."
Schnauz nickte ergriffen. „Ach ja. Ist es schlimm?"
„Viel schlimmer, Schnauz. Er isst nichts, er trinkt nichts, er tut nichts. Starrt den ganzen Tag auf die Zimmerdecke und ist unglücklich."
„Ach ja." Der kleine Esel bedauerte ihn sehr.
„Wie du sagst, Schnauz", sagte Panadel, „es ist eine verheerende Krankheit."
„Und kann man ihm nicht helfen?", wollte Schnauz wissen.
„Ausgeschlossen. Bei Verliebtheit hilft keine Medizin. Und unglücklich Verliebte, das sind hoffnungslose Fälle."
„Das ist furchtbar, ach ja."
„Lass den Kopf nicht hängen, kleiner Esel. Ich will sehen, was sich tun lässt."
Der Clochard setzte sich zu Jakob aufs Bett und starrte gleichfalls zur Zimmerdecke hoch. Nach einiger Zeit sagte er: „Es war das fürchterlichste Gedicht, was ich je anhören musste."
Jakob Borg verzog keine Miene. Er schien nicht zuzuhören.
Panadel schwieg wieder und betrachtete die Zimmerdecke.
Nach einigen Minuten bemerkte er: „Und außerdem war es viel zu lang."
Jakob Borg reagierte nicht.
Der Clochard besah sich weiterhin interessiert die

Zimmerdecke, als ob es dort wunder was zu sehen gäbe, und schwieg gleichfalls. Dann sagte er: „Das war kein Gedicht, das war eine zweiundzwanzig Strophen lange Unverschämtheit mit Kehrreim."
Jakob lag auf dem Bett, ohne sich zu rühren. Er starrte noch immer zur Decke hoch, als er antwortete: „Wie dumm du bist. Es war ein außerordentlich schönes Gedicht."
„Meinetwegen, Jakob. Ich will nicht streiten. Aber es war entschieden zu lang."
„Davon verstehst du nichts. Es war nicht zu lang und es war nicht zu kurz. Es war gerade so, wie es sein musste."
„Schön, mein Bester. Aber musste es ausgerechnet von diesem kleinen, unausstehlichen Mädchen vorgetragen werden, in diesem unausstehlichen roten Kleid?"
Jakob richtete sich auf und erklärte feierlich: „Du bist ein Dummkopf, Panadel. Du verstehst überhaupt nichts. Katja ist gar nicht unausstehlich."
„Geschmacksache. Du kannst sie geschenkt haben."
„Halt den Mund. Katja ist das netteste Mädchen in der Klasse, damit du es weißt."
Der Clochard grinste. „Sie ist in dich verliebt, Jakob. So viel ist sicher."
Jakob Borg seufzte und dann schwieg er. Er betrachtete wieder die Zimmerdecke.
Nach einiger Zeit erkundigte sich Panadel: „Wenn sie dir gefällt, Jakob, weshalb sagst du es ihr nicht?"
„Es geht nicht. Die anderen würden lachen."

„Die anderen?“, fragte Panadel.
„Die ganze Klasse lacht mich aus, wenn ich mit einem Mädchen befreundet bin. Sie lachen jeden Jungen aus, der mit einem Mädchen befreundet ist.“
„Ich verstehe. Ich fürchte, da ist nichts zu machen.“
Jakob und der Clochard besahen sorgenvoll die Zimmerdecke, als würde sie bald herunterfallen.
Panadel seufzte und Jakob Borg seufzte. Sie seufzten abwechselnd.
„Schlimm, sehr schlimm.“
„Ja, so ist das.“
„Aussichtslos.“
„Ich fürchte auch.“
„Pfutsch und ade.“
„Wenn ich nun ...“
„Es ist ausgeschlossen, Jakob.“
„Und wenn ich trotzdem ...“
„Sehen wir der Wahrheit ins Gesicht, mein Verehrter. Wir sind verloren.“
„Warum? Lass sie doch lachen.“
„Das wäre das Ende, Jakob.“
„Wieso? Warum soll ich mich um ihr dummes Lachen kümmern? Sie lachen doch über alles.“
„Es wäre fürchterlich.“
„Das ist mir egal.“
„Nein, nein, Jakob. Vergiss Katja. Es ist besser, du bleibst unglücklich, Tag und Nacht unglücklich, isst nichts, trinkst nichts, betrachtest die Zimmerdecke. Vergiss sie, vergiss Katja. Denke immer daran, die anderen würden lachen.“

„Es ist mir gleichgültig, was die anderen machen“, fauchte Jakob. „Sollen sie lachen, von mir aus. Morgen werde ich Katja sagen, dass ich ihr Freund bin.“
„Na schön, Jakob. Jedenfalls habe ich dich gewarnt, mein Lieber.“
Damit stand der Clochard auf, wünschte Jakob Borg eine gute Nacht und legte sich zum Schlafen unter das rote Sofa.
Schnauz der Esel, der neben ihm lag, erkundigte sich besorgt: „Wie geht es Jakob?“
„Besser, viel besser. Ich denke, wir werden hier bald Besuch haben.“
Panadel rieb sich zufrieden die Hände.
„Besuch?“, staunte der Esel.
„Ja, Schnauz. Ein Mädchen mit einem roten Kleid vermutlich.“
Panadel schien vergnügt zu sein. Er gähnte zufrieden und schloss die Augen.
Schnauz dachte noch lange darüber nach, warum ausgerechnet ein Mädchen mit einem roten Kleid zu Besuch kommen sollte. Er verstand es nicht. Aber Besuch, sagte er sich, ist eigentlich immer schön.
Jakob Borg war eingeschlafen.
Er träumte, wie er Hand in Hand mit einem Mädchen spazieren ging, das nur für ihn ein Gedicht aufsagte, ein sehr langes Gedicht.

Nachdem Jakob seine Geschichte beendet hatte, saßen wir lange schweigend nebeneinander.
„Ja, so war das", sagte Jakob endlich. „Ich weiß nicht, ob du das verstehen kannst?"
„Doch, doch." Ich nickte. „Ich kann dich sehr gut verstehen. Das sind wirklich schwierige Geschichten. Ich habe da auch so meine Erfahrungen."
Dann schwiegen wir wieder. Ich dachte an meine Freundin und Jakob dachte vermutlich an Katja. Aus dem Blabberholz trat ein Reh, äste am Waldrand und schaute zu uns herüber. Dann schnupperte es in der Luft und verschwand mit großen Sprüngen im Wald.
„Deine Unbesiegbare ist ein guter Hochsitz", sagte ich zu Jakob, „du kannst von hier aus vorzüglich Tiere beobachten."
„Ja", nickte er, „die Tiere kommen sehr nahe an meinen Baum. Manchmal auch zu nah."

„Wieso?", erkundigte ich mich.
„Im vorigen Jahr hatten Ameisen die Unbesiegbare besetzt", erklärte Jakob, „ich konnte zwei Monate nicht rauf."
„Wie unangenehm", sagte ich.
„Ja", nickte er, „gegen Ameisen kann man schlecht kämpfen."
Wir schwiegen wieder. Schließlich sagte ich: „Wie wär's, wenn du mir noch eine ..."
„Für eine Geschichte habe ich keine Zeit mehr", unterbrach er mich. „Ich habe jetzt zu tun."
„Dann störe ich wohl?"
Jakob nickte. Ich verabschiedete mich und kletterte die Strickleiter hinunter.
Als ich noch einmal zu Jakob hinaufsah, blickte er mich ernst an und sagte: „Du gefällst mir."
„Oh, das freut mich", sagte ich, „darf ich wissen, warum?"
„Weil du gemerkt hast, dass du störst, und auch gleich gegangen bist", erwiderte Jakob. „Die meisten Erwachsenen merken nur, wenn die Kinder sie stören. Sie wissen gar nicht, wie oft sie die Kinder stören."
„Da hast du auch Recht", sagte ich. „Ich werde es mir merken. Auf Wiedersehen und hoffentlich bald."
Ich ging davon. Jakob Borg saß auf der Unbesiegbaren. Und wenn ich auch zu gern gewusst hätte, womit er beschäftigt war, stören, nein, stören wollte ich ihn nicht.

Das 4. Kapitel

enthält eine unerklärliche Geschichte, die für Erwachsene verboten ist, und berichtet von der erstaunlichen Seefahrt eines hochgelehrten Esels.

Es waren Wochen vergangen, bevor ich Jakob Borg wieder sah. Ich war früh aufgestanden. Es schien ein warmer Tag zu werden. Ich ging auf die Kuhweiden hinter dem Blabberholz, um Champignons zu suchen.

Nach einer Stunde hatte ich immer noch keinen Pilz gefunden, dafür aber Jakob Borg. Er saß auf dem Balken einer Viehkoppel und schaute zwei Kühen und einem braunen Pferd zu, die dort weideten.

„Was machst du?", fragte er.

„Ich gehe nur so spazieren", antwortete ich.
„Und warum trägst du einen leeren Korb mit dir herum?", wollte er wissen.
„Ach, der Korb", sagte ich verlegen, „ich habe ihn für alle Fälle bei mir. Man kann nie wissen."
„Das ist richtig", lobte mich Jakob, „vielleicht findest du zufällig Pilze, und dann ärgerst du dich, wenn du keinen Korb bei dir hast."
„An Pilze habe ich überhaupt nicht gedacht", log ich. Ich spürte, dass ich rot wurde, und sagte schnell: „Heute scheint die Sonne aber kräftig."
Ich setzte mich zu Jakob auf den Balken. Wir schwiegen und betrachteten das Pferd und die beiden Kühe. Nach einer Weile erkundigte ich mich: „Wolltest du mir nicht eine Geschichte erzählen?"
Jakob sah mich nachdenklich an und sagte: „Wenn du willst, erzähle ich dir eine merkwürdige Geschichte. Aber ich weiß nicht, ob du sie verstehst. Für Erwachse-

ne ist sie nämlich nicht geeignet. Sie begreifen sie nicht, weißt du."
„Wir werden sehen", sagte ich und rutschte auf dem harten Balken hin und her. Und dann erzählte Jakob:

Wie Katinka ihre Freundin Julia erfand und die wunderlichsten Briefe der Welt bekam.

Seit einem Jahr besaß Katinka ein Tagebuch. Es war ein Geschenk von Jakob Borg und Katinka war sehr stolz darauf.
Das Tagebuch war in rotes Leder gebunden und mit einem kleinen Schlüssel verschließbar. Katinka trug das Schlüsselchen stets an ihrer Halskette. Sie wollte sicher sein, dass keiner das Buch aufschloss und heimlich darin las. Denn alles, was sie in ihr Tagebuch schrieb, war nur für sie selbst bestimmt.
Sie schrieb über ihre Erlebnisse, ihre Träume und Wünsche, was ihr Spaß machte und worüber sie traurig war. Sie notierte es, weil sie es nicht vergessen wollte. Außerdem war es irgendwie sehr angenehm, etwas hineinzuschreiben. Wenn sie verzweifelt war, so verzweifelt, dass sie den ganzen Tag hätte heulen können, dann setzte sie sich hin und schrieb den Kummer in ihr Tagebuch. Und schon war sie ein bisschen getröstet. Sie konnte selbst nicht sagen, warum ihr dann leichter ums Herz wurde, aber es war so.
Das Tagebuch war eine gute Freundin, eine sehr gute Freundin, der man alles erzählen konnte und die alles

verstand. Die einen niemals auslachte und immer zu einem hielt. Und die stets da war, wann immer man sie brauchte.

Katinka konnte sich gar nicht vorstellen, wie sie früher ohne ihr rotes Tagebuch leben konnte. Sie schrieb über Jakob Borg, über den Falschen Prinzen, über Kleine Adlerfeder und die anderen. Am häufigsten aber schrieb sie etwas über Pferde in ihr Tagebuch. Sie träumte davon, auf einem Pferd durch die Welt zu reiten. Doch darüber sprach sie mit niemandem. Sie erzählte es nur ihrem Tagebuch, ihrem Tagebuch und Julia.

Julia wusste alles von ihr, Julia konnte sie alles erzählen – Julia war ihr Tagebuch. In Wirklichkeit kannte Katinka kein Mädchen, welches Julia hieß. Aber der Name gefiel ihr und so schrieb sie eben jeden Abend an diese unbekannte Julia.

An eine Julia zu schreiben, auch wenn es sie gar nicht gibt, war viel schöner, als wenn sie schreiben würde ‚Liebes Tagebuch'. Das wäre Katinka seltsam erschienen. Nein, unter Julia konnte sie sich etwas vorstellen und mit der Zeit wurde diese erfundene Julia eine richtige Freundin.

Abends setzte sich Katinka an den Tisch, kaute auf dem Bleistift herum und schrieb:

Liebe Julia!
Heute Vormittag war ich mit den Jungen spazieren. Panadel der Clochard hat die ganze Zeit Geschichten erzählt, die unglaublich waren. Ich fürchte, er neigt zum Lügen. Ich mache mir deshalb Sorgen um ihn.
Jakob und Kleine Adlerfeder hatten nur Unsinn im Sinn. Sie kämpften miteinander und sind dabei in eine Modderpfütze gefallen.
Ach, Julia, ich glaube, Mädchen haben es viel schwerer als Jungen. Jungen wollen immer nur raufen oder etwas entdecken. Sie sind frech und faul, und es ist ihnen ganz egal, wie sie herumlaufen. Ein Mädchen muss an so viele Dinge denken und hat eigentlich immer etwas zu tun. Und die Jungen tun kaum etwas und denken tun sie gar nicht.
Manchmal wünsche ich mir, ein Junge zu sein. Vieles wäre dann einfacher. Ich wüsste gern, was du darüber denkst.
Am Nachmittag habe ich mit dem Falschen Prinzen Klavier geübt. Er ist sehr begabt. Er ist ein richtiger Künstler. Wenn er am Klavier sitzt, sieht er verträumt aus. Ich wüsste gern, an wen er dann denkt. Glaube aber bloß nicht, dass ich in ihn verliebt bin. Davon halte ich nämlich überhaupt nichts.
Jetzt gehe ich ins Bett. Ich grüße dich herzlich.
Deine Katinka.

Und am nächsten Abend schrieb sie in ihr rotes Tagebuch:

Liebste Julia!
Heute ist Mittwoch und ich war wie jeden Mittwoch auf der Koppel. Ich hatte Zuckerstücke mit und Lisa die Stute kam gleich zu mir galoppiert. Ich habe sie gestreichelt und sie hat mich lange angeschaut. Ich glaube, sie kann mich gut leiden.
Sicher wäre sie lieber bei mir als bei dem Bauern. Der lässt sie immerfort arbeiten und schwere Wagen ziehen. Wenn Lisa mir gehören würde, könnte ich sie verwöhnen. Ich glaube, die Stute weiß das. Wenn ich mit ihr rede, sieht sie mich so klug an. Ich glaube, Pferde verstehen viel mehr, als man denkt.
Der Bauer sagte, Lisa bekomme bald ein Fohlen. Ach, Julia, wie schön wäre es, ein Fohlen zu besit-

zen. Ich habe Lisa gesagt, sie soll das Fohlen zu mir bringen. Lisa hat mir die Hände geleckt und mir dann ernst in die Augen geschaut. Ich weiß nicht, ob sie mich verstanden hat.
Viele Grüße, deine Katinka.

Als Katinka sich das nächste Mal an den Tisch setzte, um etwas in ihr Tagebuch zu schreiben, war sie unglücklich:

Liebe, liebe Julia!
Der Bauer will das Fohlen verkaufen, er hat es mir heute gesagt. Er behält es nur so lange, wie es noch bei seiner Mutter Milch trinkt.
Ich habe ihn gefragt, was es kosten soll. Da hat er mich ausgelacht. Er wird es an den Bäcker verkaufen, der viel Geld hat und eine Tochter. Ich kenne

das Mädchen. Sie ist dick, dumm und eine Petze. Aber ihr Vater ist reich, und diese dumme Trine besitzt alles, was du dir nur ausdenken kannst. Und nun bekommt sie auch noch ein Pferd.
Mein Pferd.
Dabei ist sie so gemein. Ist das gerecht, dass manche Leute so viel haben und die anderen nur davon träumen dürfen?
Ich habe mit den Jungen gesprochen. Sie sagen, es ist aussichtslos. So viel Geld, wie der Bauer für das Fohlen haben will, ist nicht aufzutreiben. Wie kann ein Fohlen, das noch nicht auf der Welt ist, nur so teuer sein?
Der Clochard meinte zwar, wir sollten uns eine Wünschelrute besorgen und nach Gold suchen. Aber woher man eine Wünschelrute bekommen kann, wusste er auch nicht.
Ach, Julia, ich bin so verzweifelt. Wenn ich diese dicke Bäckertrine das nächste Mal sehe, werde ich ihr ein Bein stellen, dass sie mit all ihrem Plunder in den Straßenmatsch fliegt.
Entschuldige die Tränenpfütze auf dem Brief.
Deine sehr traurige Katinka.

Als Jakob Borg am nächsten Tag aus der Schule kam, gab er Katinka einen Brief. „Du hast Post bekommen, Katinka."
„Post für mich?"
„Ja. Jedenfalls steht dein Name auf dem Brief", sagte Jakob.

Katinka war erstaunt. Sie konnte sich nicht vorstellen, wer ihr schreiben sollte. Sie öffnete den Umschlag und zog ein rosarotes Briefpapier heraus, das mit einem blauen Veilchen verziert war. ‚Liebe Katinka' stand groß auf dem Bogen. Es gab keinen Zweifel, der Brief war für sie. Sie las ihn atemlos:

Liebe Katinka!
Gewiss bist du erstaunt, dass ich dir schreibe. Aber du hast mir schon so viele Briefe geschrieben, da wird es Zeit, dir zu antworten.
Ein Pferd wünsche ich mir auch sehr. Es wäre doch schön, wenn wir zwei auf unseren Pferden um die Wette reiten könnten. Wie gut ich dich verstehe, Katinka! Es ist wirklich schlimm, dass immer die dummen Bäckertrinen die kleinen Fohlen bekommen und wir nur über den Zaun gucken dürfen. Und alles nur, weil die so viel von diesem blöden Geld besitzen. Das ist nicht gerecht, Katinka.

Aber weißt du, ich glaube, eines Tages werden auch wir ein Fohlen haben. Wenn wir immer und ganz fest daran denken, werden wir auch ein Pferd bekommen. Eines Tages, Katinka, eines Tages wird unser Traum wahr werden.

Grüß bitte Lisa von mir. Und schreib gleich, wenn ihr Fohlen da ist.

Was du über die Jungen schreibst, ist die Wahrheit. Jungen sind vorlaut, dumm und geben an. Sie bilden sich wer weiß wie viel darauf ein, stark zu sein. Immerzu wollen sie sich balgen, als ob sie kleine Kälber wären.

Manchmal glaube ich, Jungen haben nur Stroh im Kopf. Mädchen haben es wirklich viel schwerer. Denk bloß an das viele Haarkämmen. Ich wünsche mir oft, ein Junge zu sein.

Aber es gibt auch nette Jungen. Ich kenne einen, der ist genauso wie dein Falscher Prinz. Er ist auch sehr begabt und man kann sich gut mit ihm unterhalten.

Ich freue mich auf deinen nächsten Brief.

Deine Freundin Julia.

P.S. Ich glaube nicht, dass es viel helfen wird, wenn du die Trine vom Bäcker in den Straßenmatsch schubst. Das Fohlen wird trotzdem sie bekommen und nicht du. Aber natürlich, verstehen kann ich dich schon.

Julia.

Katinka las den Brief immer wieder.
Wie war es möglich, dass Julia ihr schrieb? Hatte sie denn nicht Julia nur erfunden? Wie konnte eine erfundene Julia ihr Briefe schreiben? Es war unbegreiflich.
Als Jakob sie in Gedanken versunken mit dem Brief sah, erkundigte er sich: „Was gibt es, Katinka? Wer hat dir geschrieben?“
„Ich weiß es nicht, Jakob.“
„Also ein anonymer Brief. Wie aufregend“, freute sich Jakob.
„Nein. Ich meine, ja“, sagte Katinka, „das ist ja das Unbegreifliche. Ich weiß, wer ihn geschrieben hat, und ich weiß es auch nicht.“
„Das ist wirklich seltsam. Was weißt du und was weißt du nicht, Katinka?“, fragte Jakob erstaunt.
„Ich weiß, wer ihn mir geschrieben hat. Sie heißt Julia. Aber ich kenne keine Julia, die mir schreiben könnte.“

Katinka war ratlos.
„Ach so. Ich verstehe“, sagte Jakob. „Eine Julia hat dir geschrieben und du kennst keine Julia.“
„Nein, du verstehst gar nichts. Natürlich kenne ich Julia. Ich habe ihr ja schon so oft geschrieben. Was ich nicht begreife, ist, wieso sie mir einen Brief schreibt.“
„Aber Katinka, dann ist alles klar“, beruhigte Jakob sie. „Wenn man an jemanden schreibt, dann erwartet man, dass er antwortet. Es wäre sehr unhöflich von deiner Julia, dir nie einen Brief zu schicken.“
Katinka schüttelte den Kopf: „Ach, du verstehst mich nicht, Jakob. Es ist viel komplizierter. Ich kann es dir nicht erklären.“
Jakob Borg war nach diesem Gespräch mit Katinka verwirrt. Was sollte seltsam daran sein, wenn man von jemandem einen Brief bekommt, dem man schon oft geschrieben hatte? Er begriff es wirklich nicht.
Katinka setzte sich an den Tisch, nahm das rote Tagebuch hervor, schloss es mit dem Schlüsselchen auf und begann zu schreiben.

Liebe Julia!
Über deinen Brief habe ich mich sehr gefreut. Aber wie ist es möglich, dass du mir schreibst? Ich habe dich doch erfunden. Bitte antworte mir schnell.
Deine beste Freundin Katinka.
P.S. Dein Briefpapier gefällt mir gut.

Sorgfältig verschloss sie ihr Tagebuch und legte es unter das Kopfkissen. Sie wollte sicher sein, dass keiner der Jungen es las. Denn vielleicht erlaubte sich einer der Freunde einen dummen Scherz mit ihr. Es könnte ja sein, dass einer ihr Tagebuch gelesen hatte und ihr nun unter Julias Namen Briefe schrieb. Das wäre sehr ärgerlich.

Katinka bewachte die ganze Nacht ihr Tagebuch. Und doch kam am nächsten Tag wieder ein Brief für sie an. Katinka riss ihn auf. Wieder war es ein rosaroter Bogen mit einem blauen Veilchen. Sie war sehr aufgeregt, als sie Julias Brief las.

Liebe Katinka!
Natürlich weiß ich, dass du mich nur erfunden hast. Ich bin nur deine Tagebuch-Julia und doch deine beste Freundin. Und da du mich nun einmal erfunden hast und mir jeden Tag schreibst, dachte ich mir, ich sollte dir auch schreiben. Es ist doch langweilig, wenn immer nur einer schreibt und der andere niemals. Wer Briefe schreibt, der soll auch Briefe bekommen. Das ist jedenfalls meine Meinung.
Wenn du willst, können wir uns jeden Tag einen Brief schreiben. Wäre das nicht schön? Oder stört es dich, wenn deine Julia, die du erfunden hast, dir auch schreibt?
Wie das alles möglich ist, weiß ich auch nicht. Das müsstest du viel besser wissen. Schließlich warst du es, die mich erfunden hat, und nicht umgekehrt. Ich bin doch nur so, wie du mich erdacht hast.
In Ewigkeit deine Freundin Julia.

Katinka schüttelte den Kopf, als sie den Brief gelesen hatte. Es wurde immer merkwürdiger. Sie hatte eine Julia erfunden, ihre Julia, die nun plötzlich Briefe schrieb. Das war alles rätselhaft.
Katinka setzte sich gleich hin und schrieb in ihr Tagebuch an die Freundin:

Liebe Julia!
Leider kann ich es dir auch nicht erklären, wie es möglich ist, dass du mir Briefe schreibst. Ich habe dich erfunden und dabei muss ein Wunder passiert sein. Eine andere Erklärung gibt es nicht. Aber ich finde es sehr, sehr schön, dass ich von dir Briefe bekomme. Immer nur an dich zu schreiben und nie einen Brief von dir zu bekommen ist wirklich langweilig.
Liebste Julia, du bist nicht nur meine beste Freundin, sondern auch die wunderbarste.
Deine dich liebende Katinka.

Und eine wunderbare Freundin, das war Julia in der Tat. Die beiden schrieben sich nun täglich Briefe. Katinka berichtete, was Jakob Borg in der Schule trieb und welche Geschichten Panadel der Clochard und Schnauz der Esel anstellten. Sie erzählte vom Falschen Prinzen und den Entdeckungen und Erfindungen der Kleinen Adlerfeder.
Julia teilte dann Katinka ihre Ansichten mit, gab Ratschläge und erkundigte sich nach Lisa.
Lisa hatte inzwischen ein weiß-braunes Fohlen bekommen, das auf den Namen Moritz hörte oder nicht hörte. Je nachdem. Solange es noch bei seiner Mutter auf der Weide stand, ging Katinka jeden Tag zu dem Fohlen, umarmte es und redete lange mit ihm. Sie hoffte noch immer, dass Moritz zu ihr kommen würde. Vielleicht fand Panadel tatsächlich noch einen Goldklumpen oder irgendein anderes Wunder würde ihr zu Hilfe kommen.

Ihre Freundin Julia hatte ja Recht, eines Tages würde ihr Traum von einem Pferd wahr werden.
Jeden Tag schrieb Katinka einen Brief an Julia in ihr Tagebuch und ebenso oft erhielt sie von Julia einen Brief. Sie schrieben sich, wie schön Pferde und besonders die kleinen Fohlen sind und was von den Jungen zu halten ist. Sie unterhielten sich darüber, was sie später machen würden, später, wenn sie groß wären. Sie freuten sich, wenn sie glücklich waren, und sie trösteten sich, wenn sie unglücklich waren.
Und Katinka war sehr zufrieden. Sie war froh, eine so gute Freundin wie Julia zu haben, auch wenn es nur eine erfundene Julia war.

„Ich verstehe nicht, wie das möglich ist", sagte ich zu Jakob, „wie kann eine erfundene Julia Briefe schreiben?"
„Ich weiß", meinte Jakob, „Erwachsene können das nicht verstehen."
„Dann erklär es mir bitte", forderte ich Jakob auf.
„Da ist nichts zu erklären. Es ist ganz einfach: Katinka hat Julia erfunden, schreibt ihr Briefe und bekommt Briefe von ihr. Das ist alles", sagte Jakob und lächelte nachsichtig.
„Und das verwundert dich gar nicht?", fragte ich.

„Natürlich", erwiderte er, „aber das ist verständlich. Über ein Wunder soll man sich ja wundern. Verstehst du?"
„Ich weiß nicht, ob ich das verstehe", sagte ich, „irgendwie ist das doch eine sehr seltsame Geschichte."
Jakob sah mich an und sagte dann geduldig: „Ich fürchte, Erwachsene haben es schwer. Sie verstehen so wenig. Wenn ihnen ein Wunder passiert, suchen sie immerfort nach einer Erklärung. Aber Wunder kann man nicht erklären, sonst wären es ja keine Wunder."
Ich saß auf dem Balken der Koppel und grübelte und grübelte. Es war und blieb eine merkwürdige Geschichte.
Doch vielleicht hatte Jakob Recht: Es war ein Wunder und Wunder kann man nicht erklären, man kann sich nur über sie wundern.
Vor uns auf der Weide fraßen die beiden Kühe Gras. Von irgendwoher kam ein weiß-braunes Fohlen zu einem Pferd gelaufen. Mit seinen dünnen Beinen stakte es um seine Mutter und versuchte, bei ihr Milch zu trinken.
Die Sonne schien in meinen leeren Pilzkorb, die Kühe blickten erwartungsvoll zu uns herüber und die Stute leckte ihrem Fohlen den Kopf. Und Jakob Borg erzählte:

Wie Schnauz der Esel mit dem Clochard nach Paris reiste, um Professor zu werden.

Nichts liebte Panadel der Clochard mehr, als über das Leben zu plaudern. Wann immer er eine Gelegenheit sah, erzählte er eine Geschichte darüber. Und er erzählte sie auch, wenn keine Gelegenheit da war. Er war durch die Welt gekommen und hatte dies und das erlebt, worüber man reden könnte, und er redete gern. Und wie alle Geschichtenerzähler war er der Ansicht, seine Erfahrungen könnten der Jugend von Nutzen sein. Das ist natürlich ausgemachter Unsinn, aber wenn eine Geschichte gut erzählt wird, richtet sie auch keinen Schaden an. Anhören kann man sie sich ja. Leider reden die Geschichtenerzähler nicht nur gern, sie lügen auch ebenso gern. Wollte man ihnen glauben, so waren sie selbst immerzu tapfer, gehorsam, furchtlos, gut erzogen und gebrauchten niemals unanständige Ausdrücke. Deshalb sind ihre Geschichten meist etwas langweilig und fade. Und der Nutzen ist auch nur gering: Man lernt keinen neuen unanständigen Ausdruck kennen, keinen jener wundervollen Ausdrücke, mit denen man seine Freunde überraschen könnte. Aber die Geschichtenerzähler reden eben gern, und ich kann aus eigener Erfahrung nur raten, nicht erst mit ihnen zu streiten, sondern so zu tun, als höre man ihnen zu. Man verliert sonst nur Zeit mit ihnen. Denn ihre Geschichten erzählen sie sowieso.

Wenn der Clochard etwas erzählen wollte, so pflegte er zuvor seltsame, kleine Bemerkungen von sich zu geben, von denen er annahm, dass sie Interesse weckten. So brachte er es fertig, an einem schönen Sommertag, während alle am Strand des Flusses lagen, sich in der Sonne wärmten und vom Schwimmen ausruhten, plötzlich zu verkünden: „Geteiltes Leid ist halbes Leid."

Oder er sagte: „Das ist nun bald sechzig Jahre her."
Oder auch: „Das wird die Nadel aus der Rille reißen."
Einmal rief er sogar voll Inbrunst: „London – das Mekka jedes jungen Anwärters auf finanziellen Erfolg."
Mit solcherlei Unsinn versuchte er Aufmerksamkeit zu erregen. Und sobald einer unüberlegt, weil schläfrig, fragte: „Was willst du damit sagen?", fand Panadel eine gute Gelegenheit, über das Leben zu erzählen, und begann: „Nun, das ist eine lange Geschichte. Aber da du mich so aufdringlich darum bittest, will ich sie dir erzählen. Also, hör zu, es war folgendermaßen." Und dann erzählte er und erzählte. Alle langweilten sich und hörten nicht zu. Und ein schöner, warmer Sommertag war verdorben.
Das heißt, er war nicht für alle verdorben. Für den Clo-

chard war es ein gelungener Nachmittag. Er liebte es, Geschichten zu erzählen, und es gab nichts Schöneres für ihn, als sich selbst dabei zuzuhören.
Auch für Schnauz den Esel war es wundervoll. Für Geschichten hatte er eine Schwäche, und was ihm Panadel auch erzählte, der kleine Esel glaubte es. Er schüttelte dann nur verwundert den Kopf und staunte, was es nicht alles auf der Welt gab. Und da er überdies vergesslich war, störte es ihn nicht, dass der Clochard jene Geschichten, die ihm besonders gelungen erschienen, mehrmals erzählte. Kleine Esel sind besonders gute Zuhörer. Jeder, der gern Geschichten erzählt, weiß das zu schätzen.
Besonders gern hörte Schnauz dem Clochard zu, wenn dieser von der Zeit erzählte, als er noch Professor war. Dann seufzte der Esel tief und sagte: „Ach ja, ach ja, ich stell es mir wunderbar vor, ein Professor zu sein. Ach ja."
Und Panadel der Clochard nickte bedächtig und sagte gelassen zu Schnauz: „Nun ja, zumindest ist es eine gute Lehre fürs Leben."
Wenn man dem Clochard glauben will, so war er früher ordentlicher Professor zweier Universitäten und unordentlicher Professor einer weiteren Universität. Später bot ihm ein guter Freund an, eine alte Dampflokomotive zu fahren. Natürlich hängte Panadel sofort den Professorenhut an einen Nagel und wurde Eisenbahner. Auch das war eine herrliche Zeit, als er über die Schienen dahindonnerte und die Kühe mit lautem Pfeifen erschreckte. Er erzählte gern davon, wann

immer sich eine Gelegenheit dazu bot. Einige Jahre danach aber überließ er die Lokomotive der Deutschen Reichsbahn und dem Rost, um hinfort als Clochard zu leben. Dazu bemerkte er: „Unwidersprochen, eine aufregende Arbeit ist besser als eine langweilige Arbeit. Das Beste aber ist, überhaupt nicht zu arbeiten.“

Ja, manchen Leuten kommt das Glück mit beiden Händen entgegen. Sie brauchen nur zuzufassen. Und andere galoppieren dem Glück ihr Leben lang hinterher, ohne es je zu erreichen.

Das ist traurig und Schnauz der Esel war auch sehr unglücklich. Er wünschte sich nichts so sehr, wie Professor zu werden. Er war überzeugt, dass es ein Leben wie auf Rosen gebettet sein musste. Und auf Rosen gebettet zu sein, wünscht sich jeder kleine Esel. Aber wie sollte Schnauz jemals Professor werden, wo ihm das Lernen so schwer fiel.

Bekümmert klagte er: „Ach ja, es ist nicht einfach auf dieser Welt, ein Esel zu sein. Zu viele Leute haben Vorurteile gegenüber einem Esel. Immerzu heißt es: ‚Lerne, Esel, lerne!‘ Man soll dies und das können. Und keiner, der zu mir sagt: ‚Ruh dich aus, mach eine Pause, lieber kleiner Esel, schlaf ein bisschen.‘ Ach ja, ich fürchte, für einen Esel ist auf dieser Welt kein Platz.“

Wenn Schnauz so verzweifelt war, legte Panadel einen Arm um das Grautier und tröstete ihn: „Unsinn, Schnauz, noch ist nicht aller Tage Abend. Die Welt ist groß genug für uns zwei, und es wird nichts so heiß gegessen, wie es gekocht wird. An einer großen Biersuppe, heißt es, kann mancher satt werden. Mit anderen Worten, Schnauz, die verschüttete Milch kann nicht überkochen. Wenn du verstehst, was ich meine."

„Ach ja?", fragte Schnauz.

„Ganz recht, Schnauz, so ist es", bestätigte der Clochard.

„Und du meinst wirklich ...", fragte der Esel zaghaft.

„Genau. Du bist auf dem richtigen Wege, Schnauz", rief Panadel erfreut.

„Das wusste ich nicht ..."

„Du musst nur zupacken, Schnauz."

„Ach ja."

„Wenn dir das Lernen zu schwer fällt, vergiss es." Panadel schlug ihm auf die Schultern. „Es gibt Schöneres auf der Welt. Blumen, die Sonne, Karamellpudding. Man muss nicht unbedingt Schüler werden. Warum versuchst du es nicht als Lehrer?"

Der Esel wurde rot vor Freude. „Ja, warum eigentlich nicht?"

„So gefällst du mir, Schnauz. Du kommst wieder in Form, Alter. Lehrer ist das Passende für dich. Ihnen geht es wie dir: Sie wissen nichts und vergessen alles."
„Ach ja?" Der Esel staunte.
„So ist es. Immerzu müssen sie die Schüler fragen. Nach jeder Kleinigkeit fragen sie. Sie wissen nichts. Man erklärt es ihnen, aber es hilft nichts. In der nächsten Stunde stellen sie dieselben Fragen, sie haben alles vergessen", rief der Clochard mit dröhnender Stimme.
„Tatsächlich?"
„Darauf Siegel und Unterschrift, mein Lieber. Ein Lehrer und ein Esel, wo ist da der Unterschied!"
„Ach ja?"
„Völlig richtig. Alle Schulen stehen dir offen, mein Freund."
„Wie schön."
„Greif nur zu, Verehrtester."
„Ach ja. Aber weißt du, Panadel, am liebsten wäre ich Professor", gestand Schnauz.
Panadel nickte und sagte: „Ich verstehe."
Mit verträumten Augen fuhr der Esel fort: „Ich stelle es mir wundervoll vor."
„Es ist noch schöner. Als ich Professor war, was für ein Leben! Das Land, wo Milch und Honig fließen."
Auch der Clochard bekam einen träumerischen Blick.
„Und auch Karamellpudding?"
„Selbstverständlich, Schnauz: Milch, Honig und Karamellpudding."

„Ach ja.“ Der kleine Esel seufzte.

„Nun, du hättest mich sehen sollen. Ein Leben wie im Paradies“, berichtete Panadel.

„Aber für einen kleinen Esel ist es sicher sehr schwer, Professor zu werden?“, erkundigte sich Schnauz besorgt.

„Nein, ich glaube nicht. Ich habe damals viele Esel kennen gelernt, die Professor waren. Es waren sehr gute und berühmte Professoren darunter, sehr verdienstvolle, alte, ergraute Esel.“

„Das wusste ich nicht.“

„Oh, es waren prächtige Burschen darunter“, erzählte Panadel, „die einen Stiefel vertragen konnten.“

„Tatsächlich?“

„Es waren wackere Kerle, Schnauz, und für jede Eselei zu haben.“

„Und du meinst, Panadel, dass ich auch ...“

„Du bist der geborene Professor, Schnauz. Es lag mir schon immer auf der Zunge, dich zu fragen, warum du es nicht längst geworden bist.“

„Ach ja?“ Schnauz strahlte.

„Beschworen und beglaubigt, Verehrtester“, brüllte der Clochard vergnügt. „Wir zwei werden gleich morgen nach Paris fahren. Dort machen wir dich zum Professor. Du wirst sehen, was du dann für ein feines Leben führst.“

Schnauz war sehr glücklich. Er konnte es kaum erwarten, nach Paris zu fahren. Alle seine Träume sollten plötzlich wahr werden. Es war für ihn kaum zu fassen. In dieser Nacht schlief er wenig.

Paris ist eine wunderschöne, alte Stadt mit Parks, unzähligen Konditoreien und Eisdielen sowie der Seine, einem Fluss. Die meiste Zeit im Jahr ist es die Hauptstadt der Franzosen. Im Sommer jedoch wird es zur Hauptstadt der Clochards! Im Mai, wenn es warm wird, finden sich in Paris die Clochards aus aller Welt ein. Sie feiern dann den Sommer über zusammen Feste. Und im Herbst ziehen sie mit den Singvögeln wieder davon, jeder in seine Heimat.
Der eigentliche Grund aber, warum sie sich in Paris versammeln, sind die Touristen. Aus aller Welt nämlich kommen Reisende in diese Stadt, um die Clochards zu bewundern. Reiche, dickbäuchige Leute betrachten sie durch ihre goldenen Brillen und rufen ‚wundervoll' und geben ihnen etwas Geld. Oder sie rufen ‚Diese armen Clochards' und geben ihnen auch etwas Geld. Und dann fotografieren sie die Clochards von allen Seiten und geben ihnen nochmals Geld. Im Herbst reisen die Touristen wieder nach Hause, und auch für die Clochards ist es Zeit, das Bündel zu packen.
Die Clochards kommen also wegen der Touristen nach Paris, und die Touristen der Clochards wegen. Das ist verrückt, aber so geht es in der Welt zu. Natürlich könnten die Touristen daheim bleiben, um dort die Clochards zu fotografieren und ihnen Geld zu geben, aber nein, das fällt ihnen nicht ein. Es muss Paris sein und so begeben sich die Touristen und die Clochards jedes Jahr auf eine lange, lange Reise.
Am anderen Morgen, gleich nach dem Frühstück, brachen Schnauz der Esel und Panadel der Clochard auf.

Katinka hatte ihnen Brote geschmiert und ein paar Radieschen und Äpfel als Wegzehrung mitgegeben. Die Freunde begleiteten sie noch bis zum Blabberfluss, wo ihr Segelboot ankerte. Schnauz und Panadel gingen an Bord, verstauten die Vorräte und lichteten den Anker. Und alle winkten, bis die Segel am Horizont verschwunden waren.

Nach zwei Stunden waren die beiden bereits auf dem Ozean. Der Clochard steuerte backbord. Auf Jakobs Schulatlas hatte er gesehen, dass Paris links liegt, und als erfahrener Seemann wusste er, dass links auf dem Meer backbord heißt.
Im Übrigen ist es heutzutage nicht mehr schwer, sich auf dem Ozean zurechtzufinden. Überall schwimmen Wegschilder und Vorfahrtszeichen, die nachts elektrisch beleuchtet werden. Auf einem von ihnen stand ‚Paris, zweieinhalb Tage'. Der Clochard steuerte in

die Richtung, in die das Schild wies, und alles Übrige konnten sie dem Wind überlassen.
Ihr Segelboot trieb gemächlich dahin. Schnauz der Esel und der Clochard schliefen oder aßen oder sonnten sich auf dem Deck.
Wenn Panadel am Steuerrad stand, erfüllte er die Luft mit seinen wilden Seemannsgesängen, wobei Schnauz ihn auf dem Schifferklavier begleitete:

„Ein Segel, ein Tau, ein Wind hinterdrein,
hej, hej, und 'ne Buddel voll Rum!
Das braucht ein Seemann, um glücklich zu sein,
hej, hej, und 'ne Buddel voll Rum.“

Manchmal sagte der Clochard so nebenbei: „Die Lage bessert sich.“
Oder er sagte: „Oh, mein Amerika.“ Und einmal verkündete er schwermütig: „Es wäre besser, das Eisen zu schmieden, bevor es verloren geht.“
Wenn Schnauz ihn dann fragte: „Was meinst du damit?“, dann erwiderte Panadel schnell: „Nun, das ist eine lange Geschichte. Aber schön, ich will sie dir erzählen, mein Bester. Also, hör zu, es war folgendermaßen.“
Und dann erzählte er und erzählte und nach jeder Geschichte sagte er: „Ich glaube, das ist eine gute Lehre fürs Leben.“
Einmal erkundigte sich Schnauz: „Was ist das?“
„Was ist was?“, fragte Panadel.
„Was ist das, eine Lehre fürs Leben?“

„Das weißt du nicht? Oh, es ist kinderleicht. Eine Lehre fürs Leben, das ist ..." Der Clochard begann zu stottern. „Nun, alles was du im Augenblick nicht gebrauchen kannst, ist eine Lehre fürs Leben. Stell dir vor, du findest eine leere Konservendose oder einen besonders schönen Stein. Du weißt nicht, was du damit anfangen sollst, aber schmeißt du die Konservendose deshalb weg?"

Schnauz schüttelte den Kopf. „Nein, ich hebe sie mir auf. Man kann ja nie wissen."

Panadel grunzte zufrieden. „Völlig richtig. Kein vernünftiger Mensch wird eine leere Konservendose wegschmeißen. Irgendwann braucht man sie und ist froh, dass man sie aufgehoben hat. So etwas nennt man dann eine Lehre fürs Leben."

Der Esel war sehr beeindruckt. „Ich verstehe, ach ja. Und hast du schon viele Lehren fürs Leben gefunden?"

„Das möchte wohl sein." Der Clochard klopfte bedeutungsvoll auf die großen, ausgebeulten Taschen seines Mantels, in denen es klirrte.

„Was hast du da drin?", wollte Schnauz wissen.

Panadel öffnete eine Tasche und sah hinein. Vorsichtig stocherte er mit dem Zeigefinger ein wenig darin herum. „Nun, da sind zwei Glühlampen, ein wenig beschädigt, eine Schnecke, Zündhölzer, ein halbes Taschenmesser, eine Rotweinflasche, eine Kerze, die schon bessere Tage gesehen hat, eine ausgelaufene Batterie und ein paar geheime Lehren fürs Leben."

Schnauz wurde neugierig: „Was sind geheime Lehren fürs Leben?"

„Das sind Dinge, die man nicht jedem auf die Nase binden muss, wenn du verstehst, was ich meine", knurrte Panadel.
Er machte seine Tasche zu und schwieg und Schnauz der Esel war wiederum sehr beeindruckt.
Am Abend setzten sich die beiden an die Spitze des Bootes, den Bug, ließen die Füße im Ozean baumeln und sahen zu, wie die Sonne blutrot im Meer versank. Wenn ihnen der Sonnenuntergang besonders gut gefiel, klatschten sie Beifall und riefen ‚Da capo, noch einmal!', wie es sich gehört.
Bis zum Ins-Bett-Gehen sang der Clochard vergnügt seine Seemannslieder und Schnauz der Esel spielte Schifferklavier.

„Ein Segel, ein Tau, ein Wind hinterdrein,
hej, hej, und 'ne Buddel voll Rum!
Das braucht ein Seemann, um glücklich zu sein,
hej, hej, und 'ne Buddel voll Rum."

Pünktlich nach zweieinhalb Tagen trafen sie in Paris ein.

Auf der Seine segelten sie bis zur Anlegestelle des Justizpalastes, wo sie von einer Delegation der Pariser Clochards jubelnd begrüßt wurden.

Am Abend waren sie Gast der Internationalen Vereinigung der Clochards aller Länder. Ansprachen wurden gehalten, man sang, trank und tanzte, und alle versicherten hinterher, dass es ein gelungenes Fest gewesen war.

In den nächsten Tagen bummelten die beiden durch Paris, ließen sich von reichen, dickbäuchigen Touristen bewundern und fotografieren und verbesserten ihre Französischkenntnisse.

Und jeden Abend feierten sie am Ufer der Seine erneut das Wiedersehen mit den Clochards aus aller Welt. Sie unterhielten sich prächtig. Schnauz der Esel war glücklich, und Panadel übersetzte ihm, was er nicht verstand.

Panadel sprach zwar nicht fließend Französisch, aber seine Kenntnisse der Sprache reichten aus, um, wie er betonte, durch das ganze Land zu kommen.
Tatsächlich konnte er nur drei, vier Worte Französisch. Das waren ‚mon ami', was so viel bedeutet wie ‚mein Freund', und ‚merci', was auf Deutsch ‚danke' heißt. Und dann beherrschte er noch ein weiteres Wort. Es hieß ‚merde'. Das ist ein Ausdruck, ein unanständiger Ausdruck. Dieses Wort ‚merde' kann man, soviel ich weiß, überhaupt nicht übersetzen.
„Blödsinn, ausgemachter Blödsinn", mischte sich der Clochard ein, „‚merde' heißt auf Deutsch einfach ‚Scheiße'."
Nun ja, wie auch immer. Es ist jedenfalls ein Ausdruck, den man nicht übersetzen sollte.
Panadel reichten seine Französischkenntnisse aus. Traf er auf andere Clochards, so riefen alle ‚mon ami' und klopften sich auf den Rücken. Dann bekamen sie ein Glas Rotwein und alle riefen ‚merci'. Und wenn sie ge-

trunken hatten und sich verabschieden mussten, so rief jeder bekümmert ‚merde'.
Sie verstanden sich ausgezeichnet.
Um durch das ganze Land zu kommen, wie Panadel zu sagen pflegte, reichte sein Französisch tatsächlich. Wenn er mit Schnauz zum Bäcker ging, ließ er sich feinstes Weißbrot geben und bedankte sich großartig: ‚Merci, mon ami'. Und wenn der Bäcker Geld haben wollte, rief Panadel ‚merde'. Dann rannte er mit Schnauz los und der Bäcker ihnen hinterher. Auf diese Weise kommt man in der Tat durch das ganze Land, und zwar sehr, sehr schnell.
Nach einigen Tagen erinnerte Schnauz den Clochard daran, weswegen sie nach Paris gekommen waren.
Panadel hatte es ganz vergessen: „Heiliges Kanonenrohr, Schnauz. Wir haben eine Mission zu erfüllen und vertrödeln die Zeit."
Der Esel sah ihn mit großen Augen an. „Was für eine Mission?"
„Wir müssen für dich einen Lehrstuhl besorgen", sagte Panadel.
„Ach ja. Und was ist ein Lehrstuhl?", fragte Schnauz.
„Oh, das sind große, prächtige Stühle, auf denen die Professoren sitzen, wenn sie über etwas nachdenken", erklärte Panadel. „Ich selbst hatte einen Lehrstuhl, der mit goldenem Leder bezogen war. Alle Welt beneidete mich um diesen Lehrstuhl."
„Ist ein Lehrstuhl so etwas Ähnliches wie ein Thron?", fragte der Esel.

„Ein Lehrstuhl und ein Thron sind sich zum Verwechseln ähnlich", bestätigte der Clochard.
Die beiden eilten in die Universität und der Clochard stellte Schnauz dem Rektor vor.
Bald darauf waren alle Professoren und Doktoren im Festsaal der Pariser Universität versammelt. Der Rektor setzte Schnauz einen Professorenhut auf und nannte den kleinen Esel ‚Monsieur le Professeur Docteur Schnauz'.
Alle klatschten begeistert in die Hände.
Dann schenkte ihm der Rektor einen Lehrstuhl, auf den sich Schnauz sofort setzte. Es war ein außerordentlicher Lehrstuhl, den er bekam. Er hatte die Farbe von Karamellpudding, was Schnauz sehr gut gefiel, und man konnte mit ihm schaukeln. Es war also ein außerordentlicher, karamellpuddingfarbener Schaukellehrstuhl.
Schnauz war gerührt. In seiner Dankesrede rief er immer wieder: „Merci, mon ami, merci, mon ami. Ach ja, ach ja."

Die Professoren und Doktoren der Pariser Universität klatschten Beifall und waren erstaunt, wie gut Monsieur le Professeur Docteur Schnauz französisch sprach.
Später verwechselte Schnauz die Worte und statt ‚merci' rief er: „Merde, mon ami, merde, mon ami."
Die Professoren und Doktoren der Pariser Universität saßen betroffen und blass da und waren erschrocken, wie gut Monsieur le Professeur Docteur Schnauz französisch sprach.
Monsieur le Professeur Docteur Schnauz hätte seine Dankesrede gern ein wenig fortgesetzt, doch Panadel wollte absegeln. So verabschiedeten sie sich von allen Professoren und Clochards in Paris und bestiegen mit dem Schaukellehrstuhl das Segelboot.
Vier Tage später waren die beiden daheim.
Die Rückreise dauerte etwas länger.
Am ersten Tag gerieten sie in einen schlimmen Taifun, der sie mit ihrem Boot durch die Luft schleuderte und leider in die falsche Richtung beförderte.
Und am dritten Tag trafen sie ein Seeungeheuer, mit dem sie sich verplauderten.
Das Seeungeheuer suchte seit langem einen Hauslehrer für seine Kinder. Ein außerordentlicher Professor der Pariser Universität mit karamellpuddingfarbenem Schaukellehrstuhl wäre ihm dafür gerade recht. Seeungeheuer sind dafür bekannt, dass sie auf eine gediegene Ausbildung ihrer Kinder Wert legen.
Aber Schnauz lehnte ab. Er dachte daran, dass Seeungeheuer meistens in feuchten Wohnungen leben. Das würde seinem Rheuma nicht bekommen.

Das Seeungeheuer war über die Absage von Schnauz gekränkt. Es verschwand im Ozean, ohne sich zu verabschieden.
Der Clochard war entrüstet: „Was für Manieren, mein verehrtes Seeungeheuer. Offensichtlich hat Ihre ganze gediegene Erziehung Ihnen nicht beibringen können, sich zu benehmen. Merde, mon ami."
Als die beiden endlich im Heimathafen ankamen und den Schaukelstuhl im Zimmer aufstellten, fragte Katinka verwundert: „Auf welcher Müllhalde habt ihr denn das Ding gefunden?"
„Das ist ein Lehrstuhl, Katinka, ein Lehrstuhl der Universität zu Paris", sagte Panadel nachlässig.
Und Schnauz der Esel fügte stolz hinzu: „Ja, Katinka, endlich habe ich einen Lehrstuhl. Und Professor bin ich auch, ach ja."
„Meinetwegen. Aber ich will hoffen, dass ihr diesen wurmstichigen, morschen Trödel nicht im Zimmer aufstellt", sagte Katinka streng.
Schnauz bekam vor Schreck kein Wort heraus. Doch Panadel der Clochard beruhigte Katinka: „Die Pariser Universität ist eine alte, ehrwürdige Hochschule. Kein Wunder, wenn da ihre Lehrstühle ein wenig klapprig sind."
Sie stellten den Schaukellehrstuhl in ihrem Zimmer auf und jeden Tag setzte sich Schnauz einige Stunden darauf. Er dachte darüber nach, worüber er nachdenken könnte. Das ermüdete ihn so sehr, dass er dabei einschlief. Wenn er wieder erwachte, schaukelte er ein wenig und murmelte glücklich und sehr zufrieden vor sich

hin: „Monsieur le Professeur Docteur Schnauz, ach ja, ach ja.“

„Na, das war ja eine schöne Geschichte", sagte ich kopfschüttelnd, als Jakob Borg sie beendet hatte.
„Ja, es ist eine schöne Geschichte", stimmte er mir zu.
„Schön verrückt", sagte ich. „Ist Schnauz denn wirklich Professor?"
„Natürlich", sagte Jakob, „warum sollte er lügen. Er hat schließlich auch einen Professorenhut und seinen Schaukellehrstuhl."
„Ach ja", nickte ich, „den außerordentlichen karamellpuddingfarbenen Schaukellehrstuhl. Das beweist alles."
Wir saßen auf einem Balken der Koppel und beobachteten die Stute und ihr Fohlen.
„Erzählst du mir noch eine Geschichte?", fragte ich.
„Keine Zeit", winkte Jakob ab, „ich bin mit Moritz verabredet."
„Wer ist Moritz?"

„Moritz ist das Fohlen", sagte er. „Hast du es schon vergessen?"
„Aber nein!" Ich erinnerte mich.
Ich stand auf und wir verabschiedeten uns. „Bis bald", sagte ich und ging mit meinem leeren Korb los, um ein paar Champignons zu suchen.
Jakob blieb auf dem Balken sitzen.
Später sah ich, wie er zu Moritz, dem Fohlen, ging und mit ihm redete.
Sicherlich, dachte ich, erzählt er dem Fohlen eine Geschichte. Und hoffentlich, fügte ich in Gedanken hinzu, erzählt er sie mir das nächste Mal.

DAS 5. KAPITEL

in dem ich von einer fürchterlichen Schlacht auf dem Blabbersee höre und in dem Kleine Adlerfeder sich bemüht, der Menschheit zu dienen.

„Gibt es etwas Neues?", fragte ich Jakob, als wir uns wieder sahen.

„Eine Geschichte, meinst du?", erkundigte sich Jakob.

„Das wäre sehr schön", sagte ich erfreut und sah ihn erwartungsvoll an.

„Nun, ich könnte dir eine sehr spannende Geschichte erzählen", erwiderte Jakob, „eine spannende und unglaubliche."

„Es ist doch hoffentlich eine wahre Geschichte?", fragte ich.

„Natürlich", sagte Jakob, „wir haben sie selbst erlebt. Glaubst du denn, ich erzähle dir Märchen!"

„Nein, nein", lenkte ich ein, „aber du musst wissen, ich liebe nur wahre Geschichten. Geschichten, die man selbst erlebt hat, sind die schönsten."
„Das stimmt", nickte Jakob. Und dann erzählte er mir:

Wie Jakob Borg und seine Freunde mit Seeräubern kämpften und Prinzessin Nele, die Tochter des Sultans, retteten.

Drei Tage hatte es geregnet. Drei lange Tage war die Welt in einem grauen Wassernebel versunken. Pausenlos fielen große Regentropfen und klopften ans Fenster.
Ein kleiner Regen ist etwas sehr Angenehmes. Wenn man Gummistiefel besitzt und ein grünes Regencape, kann man sich in den tiefen Wasserpfützen wunderbar vergnügen. Doch wenn es tagelang regnet und die Straßen davonschwimmen und man sein Zimmer nicht verlassen kann, dann ist ein Regen eine äußerst langweilige und überflüssige Erfindung.
Jakob Borg und seine Freunde hatten zwei Tage im Zimmer gesessen und gespielt, was man im Zimmer nur spielen kann. Doch am dritten Tag fiel ihnen nichts mehr ein. Traurig saßen sie am Fenster und betrachteten besorgt die Wasserflut, die vom Himmel stürzte und sie in der Wohnung eingeschlossen hielt.
Als endlich, am vierten Tag, wieder die Sonne schien und die nassen Straßen trocknete – die Sonnenstrahlen leckten die Regenpfützen rasch auf –, war es beschlossene Sache, dass man zur Feier des schönen Tages et-

was Besonderes unternehmen sollte. Katinka schlug eine Bootspartie vor und damit waren alle einverstanden. Man packte den Picknickkorb und machte sich auf den Weg zur Bootsanlegestelle. Jakob mietete ein Ruderboot, die Freunde kletterten hinein und man stach in See. Das heißt, man stach in den kleinen Blabberfluss, was wiederum so viel heißt, dass man losfuhr.

Anfangs ruderte Jakob, aber bald erklärte der Clochard, dass man ihm die Ruder geben möge. „Ich will euch einmal zeigen", sagte Panadel, „wie richtig gerudert wird." Er stand auf, warf einen gewichtigen Blick in die Runde und erklärte: „Es gibt in der großen Welt verschiedene Arten, erfolgreich zu rudern, wenn ihr

versteht, was ich meine. Zuerst zeige ich euch den brasilianischen Zuckerhutstil."
Der Clochard stellte sich auf die Ruderbank, schwang ein Ruder zweimal hin und her, schlug es dann kräftig ins Wasser und fiel in den Fluss. Als man ihn ins Boot gezogen hatte, murmelte er: „Ich bin etwas aus der Übung, wie es scheint."
Er nahm wieder das Ruder in die Hand und verkündete: „Und nun werde ich euch den venezianischen Gondelstil beibringen."
Diesmal ging er ans Ende des Bootes, stellte sich mit beiden Beinen auf den Bootsrand und begann, eine italienische Arie zu schmettern. „O sole mio", brüllte

er über den kleinen Blabberfluss. Dann schlug er mit dem Ruder aufs Wasser, dass es nur so spritzte und alle klitschnass wurden, und – fiel hinein.

Nachdem man Panadel wieder ins Boot gezogen hatte, schüttelte er sich wie ein nasser Hund und sagte: „Dieser kleine Fluss ist für den venezianischen Gondelstil offensichtlich völlig ungeeignet."

Aber noch gab der Clochard nicht auf. Er trocknete sich rasch ab, nahm die Ruder und erklärte seinen Freunden den nordpolaren Eskimostil, den Großherzog-Stil von Weimar und Gotha, den gemeinen Tartarenstil und ein Dutzend weiterer internationaler Ruderstile.

Nachdem Jakob und seine Freunde den Clochard zum siebzehnten Mal aus dem Wasser gerettet hatten, gab er endlich die Ruder aus der Hand. Er hüllte sich in eine Decke und beobachtete missmutig Kleine Adlerfeder und den Falschen Prinzen, die nun das Boot ruderten.

„Es geht voran", rief Katinka erfreut, „es geht endlich voran. Siehst du, Panadel, wie schnell wir vorankommen?"

„Na schön", knurrte der Clochard mürrisch, „es geht voran. Aber es sieht nicht sehr elegant aus. Die beiden haben überhaupt keinen Stil, wenn du verstehst, was ich meine, Katinka."

Er nieste kräftig, wickelte sich fest in seine Decke und schloss die Augen.

Das Boot mit den Freunden fuhr den Blabberfluss hinunter. Es war ein herrlicher Tag und alle genossen nach dem Regenwetter die Sonne.

Kleine Adlerfeder und der Falsche Prinz ruderten, Jakob bediente das Steuer und Katinka bewunderte die schöne Aussicht. Panadel der Clochard wärmte sich in seiner Decke und Schnauz der Esel versuchte mit einer selbst gebastelten Angel einen Fisch zu fangen.

Sie fuhren durch das Blabberholz und unter der Bauchschmerzenbrücke, einer kleinen, hochnäsigen Holzbrücke, hindurch. Sie kamen an der Wassermühle vorbei und dem alten Wehr. Sie glitten an mannshohem Schilf vorbei und sahen die Nistplätze der Graureiher.

Hinter dem hohen Schilfgras begann der Blabbersee, ein stilles, dicht bewachsenes Gewässer. Hier konnte man viele Tiere beobachten, Blaumeisen und Spechte, Hirsche und Wildschweine, Tauchenten, Frösche und Störche. In dem klaren Wasser des Sees schwammen Tausende von Stichlingen, dicke, gemütliche Karpfen und wendige Hechte. Und manchmal flog ein Fischadler über den See. Langsam und bedrohlich kreiste der Raubvogel und spähte nach Nahrung, um dann plötzlich und pfeilschnell herunterzustürzen. Er ergriff mit den Krallen einen Fisch und flog dann, das Wasser mit den Flügeln aufpeitschend, mit der Beute davon.

Als das Boot mit Jakob und seinen Freunden eben aus dem hohen Schilfgras hervorkam und auf den Blabbersee glitt, ertönten plötzlich drei gewaltige Böllerschüsse. Im gleichen Augenblick schwebte Pulverdampf über dem Wasser und hüllte alles in dichten Nebel. Als sich die Dampfschwaden verzogen, bot sich den Freunden ein unerwarteter Anblick.

Ein großes, prächtiges Flaggschiff lag mit zerschossenen Segeln auf dem See. Ein Mast war zerbrochen, das Steuerhaus schwer beschädigt. Das große Schiff trieb manövrierunfähig dahin. Auf seiner höchsten Mastspitze flatterte eine stolze Flagge, die einen goldenen Halbmond auf rotem Grund zeigte. Die Flagge war von Schüssen durchlöchert.
Das Flaggschiff wurde von zwei kleineren Kampfschiffen angegriffen, die es rechts und links in die Zange genommen hatten. Auf ihnen wehten Totenkopffahnen, die Flagge der Seeräuber. Die beiden Kampfschiffe nahmen das hilflose Flaggschiff fortgesetzt unter Beschuss. Offensichtlich konnte es weder fliehen, da seine Segel zerfetzt waren, noch sich verteidigen, da es keine Kanonen besaß. Wehrlos musste es das Bombardement der Seeräuber über sich ergehen lassen. Sein Schicksal schien besiegelt zu sein.

Der Anführer der Seeräuber rief donnernd seine Befehle. Die Seeräuber stellten das Schießen ein. Man bereitete sich darauf vor, das Flaggschiff zu entern.
Jakob Borg hatte mit einem Blick die Situation erfasst. Und er zögerte nicht eine Sekunde.
„Vorwärts“, befahl er mit leiser, doch entschlossener Stimme, „eilen wir zur Hilfe.“
Kleine Adlerfeder und der Falsche Prinz legten sich in die Riemen. Das Boot schoss über den See, den Seeräuberschiffen entgegen.
Sie waren unbewaffnet und die Schiffe der Seeräuber waren mit gewaltigen Kanonen bestückt. Dennoch waren Jakob Borg und seine Mannschaft fest entschlossen, den ungleichen Kampf aufzunehmen.
„Steuer backbord“, kommandierte Jakob Borg. Er hatte blitzschnell überlegt und entschieden: „Wir greifen zuerst das Hauptschiff der Seeräuber an. Nur mit einem Überraschungsangriff können wir hier etwas ausrichten.“
Fast geräuschlos schoss ihr kleines Boot über den See. Geschickt nutzten sie den dicken Pulverdampf und den Qualm, der vom Flaggschiff aufstieg, um sich ungesehen den Kampfschiffen zu nähern. Diese fuhren immer dichter an das Flaggschiff heran, von dem nun verzweifeltes Wehklagen ertönte. Die Seeräuber standen mit grässlichen Enterhaken an der Reling. Beutegierig starrten sie auf das zerschossene Flaggschiff. Gleich würden sie hinüberspringen und rauben und brandschatzen und morden. Sie waren so siegesgewiss, dass Jakob Borg und seine Mannschaft unbemerkt auf der

anderen Seite anlegen und das Seeräuberschiff hinaufklettern konnten.
„Stellt euch zum Kampf, ihr feigen und erbärmlichen Seeräuber“, brüllte Jakob Borg mit donnernder Stimme, als seine Mannschaft vollzählig auf dem Schiff war. Entsetzt fuhren die Seeräuber herum. Noch ehe sie verstanden hatten, was geschehen war, und ihre Pistolen ziehen konnten, griffen Jakob Borg und seine Mannschaft sie an.
Panadel stürzte mit einem der Ruder auf sie zu. Er brüllte furchterregend und schwang das lange Holz wie einen Propeller über seinen Kopf. Alles, was sich ihm in den Weg stellte, wurde von den Ruderschlägen über

Bord gefegt. Schreckensbleich und jammernd rannten die Seeräuber vor ihm davon.

Katinka hatte mit beiden Händen ein Tau des Mastes gepackt und sprang dann mitten in eine Gruppe der Seeräuber.

An das Tau geklammert, fuhr sie wie eine lebendige Kanonenkugel zwischen die Banditen. Zwei der Seeräuber wurden von ihr über Bord geschleudert. Die anderen Seeräuber waren vor Schreck wie gelähmt.

Katinka schwang sich zurück. Dann stieß sie sich wieder ab, und als sie sich erneut an ihrem Tau zwischen die Seeräuber warf, fielen drei von ihnen über Bord.

Die anderen ließen ihre Waffen fallen und flüchteten mit lautem Geschrei.
Der Falsche Prinz und Kleine Adlerfeder hatten das zweite Ruder ergriffen. Sie rammten damit die eisenbeschlagene Kajütentür des Anführers, der sich feige verkrochen hatte.
Immer wieder liefen sie mit ihrem Rammbock-Ruder gegen die dicke Holztür, bis diese endlich zersplitterte.
Zähneklappernd und mit erhobenen Händen kam der einäugige Anführer der Seeräuber auf seinem Holzbein aus dem Versteck gehumpelt.
Der Falsche Prinz und Kleine Adlerfeder zwangen ihn, all seine Waffen niederzulegen. Schließlich beförderten sie ihn mit einem gemeinsamen Fußtritt ins Wasser.

Schnauz der Esel lief mit donnernden Hufen über die Schiffsplanken und wieherte so lauthals, dass die Seeräuber bei diesem Teufelslärm kopflos davonstürzten und in die Fluten des Blabbersees sprangen.
Und wer dabei nur etwas zögerte, bekam von dem kleinen Esel einen kräftigen Tritt mit seiner Hinterhand, dass er zuvor ein paar Meter zum Himmel hochflog, bevor er im weiten Bogen in die See purzelte.

Jakob Borg war in die Takelage des Schiffes gestiegen und kämpfte mit den bloßen Fäusten gegen die schwer bewaffneten Banditen. Immer wieder musste er in Deckung gehen, wenn diese ihre doppelläufigen Pistolen auf ihn abschossen. Blitzschnell fuhr er nach den abgegebenen Schüssen aus seiner Deckung hervor. Mit einem einzigen Fausthieb schlug er dabei jedes Mal einen der Seeräuber besinnungslos, so dass sie von den Strickleitern stürzten und erst in der kalten Flut des Blabbersees wieder zu sich kamen. Angst und Schrecken verbreitete Jakob Borg. Die letzten fünf Seeräuber sprangen freiwillig in die See. Sie wagten nicht, Jakob Borg anzugreifen, denn sie verspürten wenig Lust, mit seiner Faust Bekanntschaft zu machen.

Auf dem Seeräuberschiff waren nur noch Jakob Borg und seine Mannschaft. Die Seeräuber trieben im Wasser, in den eisigen Fluten des Blabbersees. Hohe Wellen schlugen über ihre Köpfe. Fluchend und spuckend schwammen sie zu ihrem zweiten Schiff, wo man sie wie klitschnasse Ratten aus dem Wasser zog.

Jakob Borg befahl, das Seeräuberschiff zu zerstören. Mit einer ihrer großen Kanonen schoss man ein Leck ins Schiff. Jakob Borg stieg mit seiner Mannschaft in das eigene Boot. Von dort sahen sie zu, wie sich das Seeräuberschiff langsam mit Wasser füllte, zur Seite legte und unterging.

Das zweite Kampfschiff der Seeräuber hatte inzwischen alle schiffbrüchigen Banditen aufgefischt. Mit großem Tempo segelten sie nun davon. In ohnmächtiger Wut mussten sie aus der Ferne mit ansehen, wie ihr Hauptschiff von der eigenen Kanone leckgeschossen und versenkt wurde. Die Seeräuber stießen wütende Schreie aus. Mit emporgereckten Armen und Fäusten drohten sie Vergeltung an, während sie eilig flohen. Jakob Borg und seine Freunde lachten nur. Dann ruderten sie ihr Boot zum Flaggschiff, wo man Strickleitern herunterließ, an denen sie emporkletterten. Der Kapitän, ein Mann mit einem langen Vollbart, hieß sie willkommen. „Tapfere Retter“, sprach er sie an, „das war Hilfe in letzter Minute.“ Er umarmte Jakob Borg und jeden seiner Freunde und dankte ihnen für die mutige Tat. „Ohne Sie und Ihre furchtlose Mannschaft“, sagte der Kapitän, „wären wir unweigerlich in die Hände der Seeräuber gefallen. Ich verdanke Ihnen alles, mein Schiff und mein Leben.“

„Keine Ursache, Sir“, wehrte Jakob Borg ab, „für mich und meine Leute war der Kampf mit den Seeräubern kaum mehr als eine zwar lebhafte, doch nicht unangenehme Zerstreuung.“

Der Kapitän war tief beeindruckt: „Sie haben tapfere Leute in Ihrer Mannschaft. Ich muss gestehen, dass ich noch nie eine verwegenere Schar gesehen habe. Die Seeräuber waren eigentlich zehnmal überlegen.“

„Soso“, erwiderte Jakob Borg nachlässig, „das haben wir gar nicht bemerkt.“

„Ungewöhnlich, sehr ungewöhnlich“, staunte der Kapitän. „Sie haben unter Ihren Leuten sogar eine Frau. Ich habe sie kämpfen gesehen, es gibt auf der ganzen Welt kein heldenhafteres Mädchen.“

„Da muss ich Ihnen zustimmen, Sir“, sagte Jakob Borg. „Katinka kämpft wie der Teufel.“

„Wenn Sie erlauben“, fuhr der Kapitän fort, „und wenn Katinka einverstanden ist, so würde ich sie gern zum Admiral der gesamten Flotte des Sultans ernennen. Sie müssen wissen, ich bin Oberbefehlshaber in den Diensten des Sultans vom Morgenlande. Ein tapfererer Admiral als Katinka ist auf der ganzen Welt nicht zu haben.“

„Ausgeschlossen, Sir, ich bedaure.“ Jakob Borg schüttelte den Kopf. „Ich kann auf Katinka nicht verzichten. Sie ist mehr wert als ein Dutzend Haudegen. Wie übrigens meine gesamte Mannschaft nur aus ausgesuchten Leuten besteht. Es gibt weder im Morgenland noch im Abendland einen Gegner, dem ich mit meiner Mannschaft nicht entgegentreten kann.“

Der Kapitän war über die Absage betrübt. Doch dann sagte er: „Ich verstehe Sie. Ich an Ihrer Stelle hätte nicht anders entschieden. So nehmen Sie denn meinen tiefen Dank entgegen, meinen und den des Sultans vom Morgenlande. Denn Sie haben mit Ihrer Mannschaft nicht nur viele seiner kostbarsten Schätze gerettet, sondern auch seinen größten Schatz, seine Tochter.“

Bei diesen Worten trat der Kapitän zur Seite und wies auf ein schönes, verschleiertes Mädchen.

„Das ist Nele“, sagte er, „die Tochter des Sultans.“

Nele, das verschleierte Mädchen, trat ein paar Schritte vor und ließ sich dann plötzlich vor Jakob Borg auf die Knie fallen.

Sie versuchte, ihm die Hände zu küssen und ihm zu

danken, doch Jakob Borg wehrte ab: „Sie schulden uns nichts, Prinzessin Nele. Wir taten nur unsere Pflicht.“ Dann fasste er Nele am Arm und hob sie auf.

Als Prinzessin Nele vor ihm stand, sagte sie: „Mein Retter, fordern Sie von mir, was Sie wollen. Und wenn es die Hälfte des Morgenlandes wäre.“

„Ich danke Ihnen, Prinzessin Nele“, antwortete Jakob Borg höflich, aber bestimmt, „jedoch meine Leute und ich haben uns geschworen, niemals eine Belohnung anzunehmen.“

„Was für eine ungewöhnliche, tapfere Mannschaft“, staunte der Kapitän.

„Nun“, erwiderte Nele, „wenn Sie auch keine Belohnung annehmen wollen, so erlauben Sie mir, dass ich Sie und Ihre Freunde in den erblichen Adelsstand erhebe.“

Nach diesen Worten hob Prinzessin Nele ihren Schleier und gab ihren Rettern einen Kuss auf die Stirn.

Dieser Kuss machte alle zu Rittern des Morgenlandes, das heißt, Katinka wurde natürlich eine Ritterin des Morgenlandes.
Ihnen war sehr feierlich zumute. Der Kapitän beugte sich zu Panadel, dem Clochard, und flüsterte ihm ins Ohr: „Ich muss gestehen, Panadel, ich beneide Sie. Der erbliche Adelsstand berechtigt nämlich, zeit seines Lebens alle Kinovorstellungen im Morgenlande kostenlos zu besuchen."
„Ausgezeichnet", rief der Clochard. Vor Begeisterung klopfte er dem alten Kapitän auf die Schulter und fragte: „Wissen Sie zufällig, was gerade bei Ihnen gespielt wird, mein Bester?"
„Ich bedauere", murmelte der Kapitän, „mein Filmprogramm ist von der vorigen Woche. So lange sind wir schon mit unserem Flaggschiff unterwegs."
Dann verabschiedeten sich Nele und der Kapitän von ihren Rettern. Sie tauschten ihre Adressen aus und Nele schrieb ihnen noch ihre Telefonnummer auf. Man versprach gegenseitig, sich einander Ansichtskarten aus den Ferien zu schicken.
Jakob Borg und seine Freunde küssten Nele galant die Hand und salutierten vor dem Kapitän. Dann gingen die Retter von Bord.
Als sie wieder in ihrem Boot saßen, rief ihnen der Kapitän zu: „Und vergessen Sie nicht, wann immer Sie in unsere Dienste treten wollen, Sie werden alle stets willkommen sein."
„Aye aye, Sir", rief Jakob Borg zurück.
Und seine tapfere Mannschaft, Katinka und Panadel,

der Falsche Prinz, Kleine Adlerfeder und Schnauz der Esel erhoben sich von ihren Sitzen und brüllten gleichfalls: „Aye aye, Sir.“
Dann schoss ihr Boot in Richtung des Blabberflusses davon, neuen Abenteuern entgegen.
Das Flaggschiff des Sultans, auf dem die Matrosen inzwischen die zerfetzten Segel ausgewechselt hatten, segelte in die entgegengesetzte Richtung.
Als Jakob und seine Freunde mit ihrem Boot durch den kleinen Blabberfluss ruderten, sagte Schnauz mit trauriger Stimme: „Ein kleines Geschenk hätten wir ruhig annehmen können. Der Sultan ist schließlich kein armer Mann.“
Jedoch Katinka widersprach ihm: „Geschworen ist geschworen, Schnauz.“
„Na ja“, sagte der kleine Esel, „aber einen Imbiss hätten wir uns schon verdient.“
„Wo kommen wir hin“, sagte Katinka empört, „wenn wir für jede Heldentat gleich einen Imbiss verlangen!“
Der Falsche Prinz, der mit Kleiner Adlerfeder ruderte, sagte: „Ich denke, wir haben den Seeräubern eine tüchtige Lektion erteilt.“
„Ja“, erwiderte Jakob nachdenklich, „die werden sich die ganze nächste Woche auf dem Blabbersee nicht mehr blicken lassen.“
Und Kleine Adlerfeder sagte: „Es war jedenfalls spannend und aufregend. Ein richtiges Abenteuer.“
„Richtig“, stimmte ihm der Clochard zufrieden zu, „es war ein recht unterhaltsamer Nachmittag. Aber nach

drei langen Regentagen hatten wir uns diesen Spaß auch verdient.“
Und dann sah er zu, wie Kleine Adlerfeder und der Falsche Prinz das Boot ruderten, und murmelte kopfschüttelnd: „Nein, ein Ruderstil ist das nicht. Wir kommen voran, aber das ist auch alles.“

Atemlos hatte ich Jakob zugehört.
„Wie aufregend“, sagte ich. „Sind die Seeräuber auf den Blabbersee zurückgekehrt?“
„Bisher noch nicht“, erwiderte er unbesorgt.
Ich sah ihn bewundernd an: „Hast du denn gar keine Angst, Jakob? Seeräuber sind doch wilde, fürchterliche Burschen.“ Jakob schüttelte den Kopf und lächelte über mich. „Meine Mannschaft und ich kennen keine Angst.“
„Ihr seid wirklich sehr mutig.“
„Na ja“, sagte Jakob, „etwas Mut muss schon sein. Wer Abenteuer erleben oder etwas entdecken will, der sollte ein bisschen mutig sein.“
„Hat Kleine Adlerfeder wieder etwas entdeckt?“, fragte ich schnell.
„Habe ich es dir denn noch nicht erzählt?“
Und da ich nur mit dem Kopf schüttelte, begann Jakob gleich mit der Geschichte:

Wie Kleine Adlerfeder eine neue Erfindung machte, mit der man in vierundzwanzig Stunden rund um die Erde reisen kann.

Als Jakob Borg am Nachmittag aus der Schule kam, lag Kleine Adlerfeder auf dem Fußboden und zeichnete. Aus Jakobs großem Malblock waren alle Seiten herausgerissen und mit Strichen und Zahlen bekritzelt worden. Die Buntstifte, das Lexikon und der kleine Weltglobus lagen im Zimmer umher. Kleine Adlerfeder war so beschäftigt, dass er Jakob Borg gar nicht bemerkte.
„Was machst du?"
Überrascht sah Kleine Adlerfeder auf. Dann sagte er geheimnisvoll: „Ich habe eine große Erfindung gemacht, Jakob."
„Eine Erfindung?"
„Ja, eine ganz neue Erfindung", flüsterte Kleine Adlerfeder.

„Was hast du erfunden?“, erkundigte sich Jakob.
„Ich kann es dir noch nicht sagen. Ich muss meine Erfindung erst ausprobieren.“
Jakob nickte. „Ich verstehe.“
„Alle Erfindungen müssen erst ausprobiert werden, weißt du.“
Kleine Adlerfeder malte weiter auf dem Malblock, und Jakob Borg schaute sich die Zeichnungen an, ohne etwas zu verstehen. Es war ein tolles Durcheinander von Kreisen, Strichen und Kurven. Jakob war beeindruckt.
„Hast du noch deine Luftballons?“, fragte Kleine Adlerfeder.
Jakob nickte.
„Kannst du sie mir für einen Tag leihen, Jakob?“
„Alle fünf Ballons?“
„Ja, ich brauche alle fünf Ballons. Und dann brauche ich noch deine Hosenträger und das Kochgeschirr von Schnauz und von Katinka den Regenschirm.“
„Ich hoffe, du machst meine Ballons bei deiner neuen Erfindung nicht kaputt.“
Kleine Adlerfeder schüttelte beruhigend den Kopf. „Nein. Jedenfalls habe ich bei meiner Erfindung nicht vorgesehen, dass die Luftballons kaputtgehen.“
Trotzdem, Jakob Borg war unschlüssig, ob er Kleine Adlerfeder tatsächlich alle fünf Ballons geben sollte. „Ich weiß nicht, Kleine Adlerfeder, würden dir nicht zwei Luftballons ausreichen? Weißt du, es wäre schön, wenn nicht gleich alle kaputtgehen würden.“

„Das ist nicht möglich, Jakob. Die neue Erfindung braucht alle fünf Luftballons.“

Dann erzählte Kleine Adlerfeder, was er erfunden hatte: „Wusstest du, dass die Erde eine runde Kugel ist, Jakob?“

„Rund wie ein Fußball, ich weiß.“

„Und wusstest du auch, dass sie sich dreht?“

„Ja, sie dreht sich immerzu um sich selbst. Einmal rundherum in vierundzwanzig Stunden.“

Kleine Adlerfeder atmete auf. „Ich bin sehr erleichtert, dass du das auch sagst, Jakob. Wenn die Erde sich nicht drehen würde, könnte meine Erfindung nämlich nicht funktionieren.“

„Was hast du denn erfunden?“

„Ich habe erfunden, wie man schnell und ohne Geld eine Weltreise machen kann.“

„Eine Weltreise?“ Jakob war beeindruckt.

„Ja, rund um die Erde, es ist ganz einfach. Ich weiß gar nicht, warum es nicht schon vor mir einer erfunden hat.“

Kleine Adlerfeder weihte Jakob Borg in das Geheimnis seiner Erfindung ein.

Seine Erfindung war wie alle großen Erfindungen so einfach wie verblüffend.

Der Reisende hängt sich an ein paar Luftballons, die ihn in die Höhe tragen. Unter ihm dreht sich derweil die Erdkugel. Wenn sie sich lange genug gedreht hat und die gewünschte Stadt auftaucht, lässt sich der Reisende langsam auf die Erde niedersinken. Für eine vollständige Umrundung der Erde braucht man folglich

vierundzwanzig Stunden. In zehn Stunden ist man in Amerika, am Atlantik in ein, zwei Stunden.
Es war eine großartige Erfindung, eine grandiose, umwerfende Entdeckung, die Kleine Adlerfeder gemacht hatte. Er beabsichtigte, seine Erfindung später noch zu verbessern. Zur größeren Bequemlichkeit der Reisenden sollten an die Luftballons Sessel gehängt werden. Rund um die Welt würden dann überall Luftballons mit Sesseln schweben. Kein Mensch musste mehr Fahrkarten kaufen. Auf Eisenbahnen, Autos und Flugzeuge konnte die Welt verzichten. Jedermann würde nur noch in den Ballonsesseln der Kleinen Adlerfeder reisen. Wollte man in ein anderes Land, setzte man sich einfach auf einen der fliegenden Sessel, las etwas in der Zeitung oder aß sein Frühstücksbrot. Und nach ein paar Stunden sah man die australischen Kängurus oder landete direkt neben einer afrikanischen Elefantenherde.

Natürlich gab es – wie bei jeder Erfindung – noch gewisse Probleme. Was machte man zum Beispiel, wenn ein großer Schornstein im Wege stand oder Möwen mitten auf dem Meer über die Luftballons herfielen und sie mit ihren spitzen Schnäbeln zerstachen? Aber Probleme sind gewissermaßen das tägliche Brot eines Erfinders, und Kleine Adlerfeder war guten Mutes, sie zu lösen.
Jakob Borg war begeistert. Er betrachtete die Zeichnungen, auf denen er jetzt die Weltkugel erkannte und Tausende von Reisenden, die auf den Ballonsesseln von Kleiner Adlerfeder um die Erde segelten. „Kleine Adlerfeder, du bist ein Genie." Vor Begeisterung blieb Jakob die Stimme weg.
Kleine Adlerfeder winkte ab und sagte bescheiden: „Mein ganzes Bestreben ist es allein, der Menschheit zu dienen."
Er hatte diesen Satz im Kino gehört, in einem Film über einen Erfinder.
Kleine Adlerfeder liebte Filme über Erfinder. Den Satz hatte der Erfinder der Medizinspritze gesagt, als man sein Denkmal einweihte. Kleine Adlerfeder hatte zwar Bedenken, ob die Erfindung der Medizinspritze tatsächlich ein Dienst an der Menschheit war, aber der Satz hatte sich ihm tief eingeprägt.
In seinem Tagebuch, in dem er all seine Erfindungen und Entdeckungen einschrieb, stand der Satz auf der ersten Seite. Und später, wenn er – wie alle großen Erfinder und Entdecker – seine Lebenserinnerungen schreiben würde, sollte sein Buch auch unter diesem

Titel erscheinen: ‚Mein ganzes Bestreben ist es allein, der Menschheit zu dienen‘.

Um vier Uhr Nachmittag fand der Probeflug statt. Die Freunde hatten sich im Garten versammelt, um den Start zur ersten Weltreise der Kleinen Adlerfeder zu erleben.

Der Erfinder war sehr aufgeregt. Er schniefte mehrmals heftig. An seiner rechten Seite hing das Kochgeschirr mit den Vesperbroten. Auf dem Rücken trug er den Schulranzen von Jakob Borg, in dem der Atlas, eine Taschenlampe, ein Regenschirm und sein Tagebuch steckten. Die Luftballons waren aufgeblasen und an seinen Hosenträgern befestigt.

Der Clochard und der Falsche Prinz hielten Kleine Adlerfeder fest, damit er nicht zu früh davonflog.

Endlich war es so weit. Jakob Borg schaute auf seine Uhr und begann zu zählen: „Zehn, neun, acht ... Hast du auch die Luftpumpe eingesteckt, Kleine Adlerfeder, falls ein Ballon nicht ganz dicht ist?“

„Natürlich. Ich habe an alles gedacht.“

„Sieben, sechs, fünf, vier ...“

„Und hast du auch einen warmen Schal und die Mütze nicht vergessen?“, fragte Katinka besorgt.

Kleine Adlerfeder beruhigte sie: „Alles im Ranzen, Katinka. Mach dir keine Sorgen.“

„Drei, zwei, eins, null. Los.“

„Hurra, er fliegt“, schrie der Clochard.

Der Falsche Prinz rief: „Auf Wiedersehen, Kleine Adlerfeder.“

„Und pass gut auf dich auf“, mahnte Katinka.

„Gute Reise. Und halt dich tapfer“, rief Jakob.
„Viel Glück, Kleiner.“ Katinka hatte Tränen im Auge.

„In vierundzwanzig Stunden sehen wir uns wieder", brüllte Jakob.

Kleine Adlerfeder sah von oben auf die Freunde herab. Er winkte mit beiden Armen und glücklich rief er immer wieder: „Auf Wiedersehen, auf Wiedersehen. Ich fliege, ich fliege. Ich fliege um die Welt."

„Da fliegt er hin, ach ja, ach ja", sagte Schnauz melancholisch.

Kleine Adlerfeder flog tatsächlich. Erst stiegen die Luftballons mit ihm in die Höhe, dann trieben sie nach rechts, dann nach links, und schließlich schwebten sie mit ihm in Richtung des Blabberholzes davon.

Die Freunde winkten und sahen ihm noch lange nach. Den ganzen Abend sprachen sie nur über die Weltreise der Kleinen Adlerfeder. Auf dem Tisch stand Jakobs Globus, in den die Freunde Nadeln mit bunten Köpfen steckten; sie sollten anzeigen, wo Kleine Adlerfeder sich zurzeit befand.

Auch am nächsten Morgen sprachen sie von nichts anderem als von der Ballonreise. Als Jakob Borg sagte: „Ich glaube, er überfliegt soeben das japanische Meer", sprang Panadel der Clochard entrüstet auf. „Das japanische Meer? So ein Unsinn! Was soll er über dem japanischen Meer? Kleine Adlerfeder hat sicher etwas Besseres zu tun, als ausgerechnet über das japanische Meer zu segeln."

Schnauz der Esel, der gerade von seinem Morgengalopp zurückkam, mischte sich in das Gespräch: „Wenn ich etwas sagen darf, er fliegt über unserem Garten."

„Wer fliegt über unserem Garten?", fragte Jakob.

„Die Kleine Adlerfeder“, sagte Schnauz ernsthaft.
Panadel schüttelte verzweifelt den Kopf: „Ach, Schnauz, er kann doch nicht über unseren Garten fliegen. Dafür ist es viel zu früh. Was bist du doch für ein Esel.“
„Natürlich, ich bin ein Esel. Ach ja, ach ja.“ Schnauz schwieg betroffen und hörte den anderen zu.
Jakob ermahnte die Freunde: „Wir müssen um vier Uhr im Garten sein, um ihn zu begrüßen. Ich hoffe, dass ihr alle pünktlich seid.“
Panadel der Clochard schlug vor: „Wir sollten eine Blaskapelle zu seiner Begrüßung spielen lassen. Weltreisende werden stets mit Blaskapellen begrüßt.“
„Hauptsache, er kommt gesund zurück“, sagte der Falsche Prinz.
Katinka stimmte ihm zu: „Ja, ich kann es gar nicht erwarten, ihn wieder zu sehen.“
Schnauz wunderte sich. Erstaunt fragte er Katinka: „Wenn du es nicht erwarten kannst, Katinka, warum gehst du nicht schon jetzt in den Garten und begrüßt ihn?“
„Wen soll ich jetzt begrüßen?“, fragte Katinka überrascht.
„Kleine Adlerfeder. Er fliegt immerzu unter dem Apfelbaum herum“, erklärte der Esel.
„Quark mit Soße, Schnauz“, knurrte Panadel. „Kleine Adlerfeder ist irgendwo zwischen Asien und Amerika und nicht unter unserem Apfelbaum.“
„Ach ja. Ich vergaß. Er kann ja gar nicht unter dem Apfelbaum herumfliegen.“ Schnauz blickte betroffen zu den Freunden.

Der Clochard stöhnte: „Endlich begreifst du es, Schnauz."

„Ach ja", sagte der kleine Esel verlegen, „es ist nur, weil ich ihn unter dem Apfelbaum gesehen habe. Natürlich habt ihr Recht. Kleine Adlerfeder ist ganz woanders und ich bin nur ein Esel. Ach ja."

„Du hast ihn gesehen?", fragte Jakob. „Wo hast du ihn gesehen?"

„Unter unserem Apfelbaum. Er flog dort herum, als ich meinen Morgengalopp machte."

„Warum sagst du uns das nicht gleich, Schnauz?"

Schnauz war jetzt gekränkt: „Aber ich habe es doch gesagt. Doch auf mich hört ja keiner, ach ja, ach ja.“
Und tatsächlich hörte ihn keiner, denn alle waren hinausgestürzt.
Es war, wie Schnauz es gesagt hatte: Unter dem Apfelbaum im Garten schwebte Kleine Adlerfeder. Die Luftballons hatten sich in den Zweigen verfangen und Kleine Adlerfeder hing zwischen Himmel und Erde an den Hosenträgern. Er schlief. Die Freunde sahen zu ihm hoch und glaubten ihren Augen nicht.
Jakob Borg betrachtete ihn kopfschüttelnd: „Wie ist das möglich? Er ist viel zu früh zurückgekommen.“
„Merkwürdig, sehr merkwürdig“, stellte Panadel fest. „Wenn man mich fragt, so hat sich die Erde zu schnell gedreht.“
„Die Erde?“, fragte Jakob.
Der Clochard nickte. „Ja. Eine andere Erklärung gibt es nicht.“
„Sie hat sich zu schnell gedreht?“ Der Falsche Prinz staunte.
„Du sagst es. Als wir schliefen, hat sie sich einfach schneller gedreht. Deswegen ist Kleine Adlerfeder schon da.“
„Das ist kaum zu glauben“, wunderte sich Katinka.
„Ja, es ist unglaublich.“ Panadel nickte. „Eine unglaubliche Frechheit. Man passt einen Moment nicht auf und schon dreht sie sich schneller. Wir hätten eine Nachtwache aufstellen müssen. Man soll niemals eine Weltreise unternehmen, ohne eine Nachtwache aufzustellen.“

Vorsichtig holten sie Kleine Adlerfeder und die fünf Luftballons vom Baum herunter und brachten ihn ins Haus. Der Weltreisende wurde ausgekleidet und ins Bett gelegt. Er schlief so fest, dass er nichts davon bemerkte.

Erst am Nachmittag erwachte er. Katinka brachte ihm eine warme Hühnerbrühe, und während er sie löffelte, berichtete er: „An allem ist nur der Wind schuld. Anfangs flog es sich ganz prächtig. Es ging erst nach rechts, dann nach links, und schließlich war ich über dem Wald. Dort kam ich nicht weiter. Stundenlang schwebte ich über dem Blabberholz und sah nur Bäume. Als es dunkel wurde, trieb mich der Wind zurück und die Luftballons verfingen sich in den Ästen unseres Apfelbaumes. Ich hing in der Luft, kam nicht hoch und konnte nicht runter. Ich rief, aber keiner hörte mich. Zuerst war ich sehr unglücklich. Aber dann aß ich meine Brote auf und es ging mir schon besser. Ich leuchtete etwas mit der Taschenlampe und sagte mir, morgen wird man mich schon finden und herunterholen. Und dann schlief ich ein. Das war schon alles."

Kleine Adlerfeder tat allen Leid, und sie versuchten, ihn zu trösten. Nur Panadel der Clochard meinte selbstbewusst zu Jakob Borg: „Jedenfalls gondelte er nicht über das japanische Meer!"

Der Falsche Prinz erkundigte sich: „Was willst du nun machen, Kleine Adlerfeder?"

Kleine Adlerfeder schniefte laut und sagte: „Ein Entdecker gibt niemals auf. Und mit den widrigen Winden werde ich schon fertig."

Dann nahm er sein Tagebuch, in das er alle seine Entdeckungen und Erfindungen eintrug, und schrieb etwas hinein.

Jakob, der ihm dabei über die Schulter sah, fragte: „Was schreibst du, Kleine Adlerfeder? Ich kann es nicht lesen.“

„Ich trage bloß meine neuen Entdeckungen ein. Willst du sie hören?“

Jakob nickte und Kleine Adlerfeder las ihm vor: „‚Meine Entdeckungen bei dem Versuch, mit Luftballons um die Welt zu reisen:

1. Ein Apfelbaum kann bei einer Weltreise sehr hinderlich sein.
2. Bei Gegenwind ist es schwer, der Menschheit einen Dienst zu erweisen.‘“

Jakob Borg hörte ihm mit großen Augen zu. Er überlegte eine Weile und sagte dann: „Ich fürchte, du hast Recht, Kleine Adlerfeder. Bei Gegenwind ist es wirklich schwer.“

Das 6. Kapitel

in dem Schnauz der Esel aufs Eis geht und eine Lehre fürs Leben erhält, in dem ich von einer Pilzbrille und einem zauberischen Weihnachtsgeschenk höre und von Jakob Borg zum Abschied erfahre, wie man zu einem richtigen Zauberhut kommen kann.

Es vergingen Monate, ehe ich Jakob Borg wieder sah. Der Winter kam, es wurde Weihnachten. Ich dachte oft an Jakob, doch erst im Januar traf ich ihn wieder. Ich fuhr mit dem Auto durch die Stadt, weil ich mit einer wichtigen, unaufschiebbaren Angelegenheit beschäftigt war. Plötzlich sah ich Jakob. Er stand auf dem Bürgersteig, die Hände auf dem Rücken, und besah sich den Schnee. Ich fuhr an den Straßenrand und stieg aus dem Auto. „Hallo, Jakob", sagte ich, „so tief in Gedanken?" Er nickte mir zu, ohne etwas zu sagen. „Was machen deine Freunde?", erkundigte ich mich, „sicher habt ihr spannende Geschichten erlebt?"

„Natürlich", sagte Jakob gelassen, „mit meinen Freunden passiert dauernd etwas Spannendes."

„Erzählst du's mir?"

„Wenn du Zeit hast", stimmte er zu. Nun, Zeit hatte ich eigentlich nicht. Aber einerseits hatte ich Jakob lange nicht gesehen, andererseits – die wichtige, unaufschiebbare Angelegenheit wird auch noch in ein oder zwei

Stunden furchtbar wichtig sein. Wir stapften also durch den Schnee, der auf dem Bürgersteig lag, und Jakob erzählte mir:

Wie Kleine Adlerfeder eine Wunderhöhle entdeckte, die einen rätselhaften Charakter hat.

Es war Dezember geworden. Draußen schneite es und der Blabberfluss war zugefroren.
Jakob Borg zog seine braunen Schnürstiefel an und setzte die dicke, gestrickte Bommelmütze auf. Aus dem Schrank kramte er seine Schlittschuhe hervor und marschierte zum Fluss. Er ging allein. Wenn man noch unsicher ist und weniger auf den Schlittschuhen als auf allen vieren oder auf dem Rücken über das Eis gleitet, ist es besser, keine Zuschauer zu haben.
Am Blabberfluss schraubte er die Schlittschuhe an den Stiefeln fest und zog die Bommelmütze tief über die Ohren. Auf dem Hosenboden rutschte er bis zur Mitte des Eises, dann richtete er sich vorsichtig auf und setzte einen Fuß vor den anderen.
Schlittschuhlaufen ist eine verteufelte Angelegenheit. Es sieht sehr einfach aus, wenn man anderen dabei zusieht, aber es steckt voller Tücken und Gefahren, wenn man es selbst ausprobieren will.
Ängstlich tappte Jakob Borg auf den wackelnden Eisen vorwärts. Sehr vergnüglich fand er Schlittschuhlaufen nicht. „Es gibt Leute, denen alles auf Anhieb gelingt, und es gibt welche, denen einfach nichts glückt. Ich kann üben, so viel ich will, ich falle immer nur auf

die Nase. Ich kann mich noch so anstrengen, alle lachen nur über mich."
Und dann stolperte er über die eigenen Füße und setzte sich mit dem Hintern aufs Eis. Er bemühte sich, die Tränen zu unterdrücken, die ihm von selbst in die Augen stiegen. Wütend redete er mit sich selbst: „Ich soll mutiger sein. Ich soll nicht so ängstlich sein. Ich soll mir mehr zutrauen. Die haben gut reden. Ich möchte wissen, was sie sagen würden, wenn sie dauernd hinfallen."

Er rappelte sich wieder hoch und versuchte, die Balance zu halten. Dann nahm er Anlauf, um endlich einmal richtig über das Eis zu gleiten. Es ging sehr schnell, und Jakob rutschte weit über das Eis, wenn auch nicht ganz in der vorgeschriebenen Art und Weise. Aber da er sich dick angezogen hatte, tat es nicht weh, auf dem Bauch zu rutschen.
Er blieb noch einen Moment liegen, um sich von dem Schreck zu erholen. Als er den Kopf hob, sah er Kleine Adlerfeder und Schnauz den Esel vor sich. Sie saßen auf einem Baumstumpf und betrachteten ihn interessiert.

„Was machst du da, Jakob?“
„Ach, eigentlich nichts Besonderes. Ich wollte nur prüfen, ob das Eis schon fest ist“, sagte Jakob.
„Und wozu trägst du diese Eisen an den Stiefeln?“, fragte Kleine Adlerfeder.
„Das sind Schlittschuhe“, erklärte Jakob, „man kann mit ihnen wunderbar über das Eis gleiten.“
„Du bist aber mutig, Jakob“, bewunderte ihn Kleine Adlerfeder, „ich glaube nicht, dass ich es wagen würde, mit Schlittschuhen aufs Eis zu gehen.“
Schnauz stimmte ihm zu: „Schlittschuhlaufen muss herrlich sein. Aber wenn man ein Esel ist, muss man auf vieles verzichten. Ach ja.“
Jakob antwortete gleichmütig: „Ach, das ist nicht so schwierig. Man darf nur nicht ängstlich sein. Und natürlich muss man etwas üben.“
Kleine Adlerfeder war sehr beeindruckt: „Ich verstehe, Jakob. Leider bin ich nicht so mutig wie du. Ich würde wohl immerzu auf die Nase fallen.“
„Du musst dir mehr zutrauen, Kleine Adlerfeder“, ermahnte Jakob Borg ihn, „Schlittschuhlaufen ist überhaupt nicht schwer. Jedenfalls, wenn man es kann.“
Sie betrachteten tiefsinnig Jakob Borgs Schlittschuhe. Kleine Adlerfeder bewunderte im Stillen seinen Freund.
Schnauz dachte wehmütig daran, wie schwer es die kleinen Esel auf der Welt haben. Zum Schlittschuhlaufen brauchen sie zwei Paar Schlittschuhe, denn sie haben vier Beine. Auch sonst haben es alle anderen besser.

Tief seufzte er: „Ach ja."
Jakob Borg fragte sich, wie viel Kleine Adlerfeder und Schnauz der Esel von seinen Schlittschuhkünsten gesehen hatten und was sie den anderen erzählen würden.
Er stand auf und setzte sich neben die beiden auf den Baumstumpf.
„Und was macht ihr hier?"
„Ach, weißt du, Jakob, ich habe schon wieder etwas entdeckt", gestand Kleine Adlerfeder.
„Du hast etwas entdeckt?"
„Ja, ja", nickte Schnauz, „wir entdecken dauernd etwas. Mal dies, mal das."
„Was habt ihr entdeckt?", wollte Jakob wissen.
Kleine Adlerfeder wurde verlegen: „Ich weiß es noch nicht. Jedenfalls nicht genau. Ich weiß nur, es ist eine Höhle."
„Eine Höhle?", fragte Jakob atemlos.
„Ja. Dort drüben ist sie", sagte Schnauz herablassend und wies zu einer großen, alten Weide, die neben dem Blabberfluss stand. Direkt unter der Weide war tatsächlich ein schwarzes Loch zu sehen.
„Du hast Recht. Jetzt sehe ich es auch. Was wollt ihr tun?", erkundigte sich Jakob.
Kleine Adlerfeder flüsterte: „Ich muss sie beobachten."
„Beobachten?"
„Ja, Jakob. Ich muss herausfinden, was sie für einen Charakter hat."
„Wer? Die Höhle?", staunte Jakob.

„Natürlich", Schnauz nickte eifrig. „Jede Höhle hat einen Katarakter, hast du das nicht gewusst?"
„Es heißt Charakter", verbesserte ihn Jakob.
„Sagte ich doch", erwiderte Schnauz gekränkt.
„Ich wusste wirklich nicht, dass Höhlen einen Charakter haben", sagte Jakob.
„Aber ja", erklärte ihm Kleine Adlerfeder, „es gibt friedliche Höhlen und gefährliche Höhlen. Ich beobachte sie, um herauszufinden, zu welcher Sorte sie gehört."
„Meinst du, es ist eine Bärenhöhle?", wollte Jakob wissen.
„Es kann eine Bärenhöhle sein oder auch nicht. Man kann nie wissen", erläuterte der Entdecker.

„Wenn es aber eine Bärenhöhle ist, Kleine Adlerfeder, ist es doch recht gefährlich, sich davor zu setzen."
Kleine Adlerfeder nickte schwermütig. „Da kann man leider nichts machen, Jakob. Die meisten Entdeckungen sind etwas gefährlich. Hoffen wir das Beste."
Lange saßen sie vor der Höhle und beobachteten gemeinsam den schwarzen Eingang.
„Wo sitzt eigentlich der Katarakter von einer Höhle? Am Eingang oder weiter hinten?", erkundigte sich der Esel.
„Es heißt Charakter", verbesserte ihn Kleine Adlerfeder. „Und der Charakter ist nicht vorn oder hinten, sondern überall."
„Das habe ich mir gedacht", Schnauz nickte viel sagend. „Ich glaube, ich weiß über den Katarakter dieser Höhle Bescheid."
„Was weißt du, Schnauz?"
„Ach ja", sagte Schnauz, „wenn man mich fragt, so hat diese Höhle einen ganz schwarzen Katarakter."
„Einen schwarzen Charakter? Wie kommst du da drauf?"
„Nun", belehrte ihn Schnauz, „seht euch doch einmal den Eingang an. Er ist schwarz oder doch sehr dunkel. Und da der Katarakter doch überall sitzt, hat diese Höhle einen schwarzen oder doch sehr dunklen Katarakter."
Jakob Borg legte einen Arm um den Esel und sagte: „Lieber, lieber Schnauz, so leicht kann man einen Charakter leider nicht erkennen. Er verbirgt sich nämlich."

„Ach so“, sagte Schnauz aufgeregt, „er verbirgt sich. Das habe ich nicht gewusst.“ Dann schwieg er. Er dachte über den merkwürdigen Charakter nach, der überall war, vorn und hinten, und sich trotzdem verborgen hielt.
Nachdem die Freunde eine Stunde lang die Höhle beobachtet hatten, entschlossen sie sich, sie zu betreten. Vorsichtig näherten sie sich der Höhle. Sie gingen sehr langsam. Sie versuchten, jedes Geräusch zu vermeiden, doch der Schnee knirschte laut unter ihren Füßen.
An der Höhle angelangt, blieben sie stehen.
„Es ist verdächtig still“, sagte Jakob und Kleine Adlerfeder nickte zustimmend.
„Was meinst du damit?“, erkundigte sich Schnauz leise.
„Ich meine, wenn es so still ist, kann es eine Falle sein“, antwortete Jakob.
Schnauz erschrak zutiefst. Dann spitzte er seine Ohren und lauschte. „Du hast Recht, Jakob“, flüsterte er ängstlich, „jetzt höre ich es auch. Es ist wirklich verdächtig still.“
Er dachte an den verborgenen Charakter der Höhle und die verdächtige Stille. „Ich glaube“, überlegte er dann laut, „wir gehen besser nach Hause. An einem warmen Ofen lässt es sich über dunkle Höhlen am besten nachdenken.“
Damit waren Jakob Borg und Kleine Adlerfeder aber überhaupt nicht einverstanden.
„Hast du Angst, Schnauz?“, fragte Kleine Adlerfeder.
„Angst? Ich und Angst?“, rief Schnauz und versuchte, höhnisch zu lachen. Doch es wurde nur ein sehr verzagtes höhnisches Lachen. „Ich habe nur sehr wenig

Angst“, gestand er dann, „ein bisschen. Fast gar nicht, nur das Übliche.“
„Du musst keine Angst haben, Schnauz“, tröstete ihn Jakob, „wir sind doch bei dir.“
Schnauz nickte und versuchte, wild und entschlossen dreinzuschauen. Wenn man Angst hat, hilft das nämlich ein wenig. Die anderen glauben dann, man sei sehr mutig. Und wenn man Glück hat, glaubt man es schließlich selbst.
Der Eingang der Höhle war klein und schmal. Die Freunde entschieden, dass Jakob als Erster die Höhle erkunden sollte. Auf allen vieren kroch er hinein. Man konnte nur noch seine Schuhsohlen sehen.
„Was ist da drinnen?“, erkundigte sich Kleine Adlerfeder.
„Hast du den Katarakter entdeckt?“, wollte Schnauz wissen.
Aber Jakob antwortete nicht. Er gab den Freunden ein Zeichen, still zu sein.
Die zwei standen vor der Höhle und warteten, dass Jakob herauskam. Sie mussten lange warten.
Als Jakob endlich wieder auftauchte, machte er ein nachdenkliches Gesicht und große, verwunderte Augen.
„Was hast du gesehen?“, drängte ihn Kleine Adlerfeder.
„Ich weiß es nicht“, antwortete Jakob.
„Hast du schon vergessen, was du gesehen hast?“, staunte Schnauz der Esel.
„Nein“, erwiderte Jakob, „natürlich nicht. Aber ich weiß nicht, wie ich es euch sagen soll. Es ist alles so merkwürdig.“

Und dann erzählte er, dass er in der Höhle einen Jungen gesehen habe, der Schlittschuh lief. Er sei sehr gut Schlittschuh gelaufen und habe Jakob zugewinkt. Dann sei er zu ihm gekommen und habe gesagt: ‚Du kannst das auch, Jakob, alles kannst du schaffen.' Und er habe ihn angelächelt, und da habe Jakob irgendwie gefühlt, dass der Junge die Wahrheit sprach. Das Unbegreifliche aber sei gewesen, dass der Junge ausgesehen habe wie er selbst, wie Jakob Borg.
„Ein zweiter Jakob Borg?", fragte Kleine Adlerfeder.
„Ja", nickte Jakob, „so war es. Du kannst selbst nachsehen."
Kleine Adlerfeder kroch in die Höhle. Als er wieder herauskam, sagte er zu Jakob: „Du hast Recht. Es ist wirklich alles sehr merkwürdig da drinnen. Ich habe

den Jungen auch gesehen. Er war dir aber überhaupt nicht ähnlich."
Dann erzählte er, dass er sich ausführlich mit diesem Jungen unterhalten habe. Der Junge sei ein Entdecker und Erfinder und habe ihm seine erstaunlichen Erfindungen gezeigt. Und dann habe er zu ihm gesagt, dass Kleine Adlerfeder auch einmal ein großer Entdecker und Erfinder sein werde. Auf einmal habe Kleine Adlerfeder gewusst, dass dieser Junge Recht hatte.
„Das Seltsamste aber", beendete Kleine Adlerfeder seinen Bericht, „das Seltsamste und Unbegreiflichste war, dass dieser Junge mir sehr ähnlich war."
„Er sah aus wie du?", fragte Jakob entgeistert.
„Ja", nickte Kleine Adlerfeder, „ich kann es mir auch nicht erklären, aber es ist so."
„Ich werde feststellen, wem von euch beiden dieser Junge tatsächlich ähnlich ist", versprach Schnauz der Esel und kroch schnell in die Höhle hinein.
Als er herauskam, schüttelte er verwundert seinen Kopf.
„Nun", fragte Jakob, „wem sieht er ähnlich?"
„Ich fürchte", antwortete der Esel, „ihr irrt euch beide."
Und dann erzählte er: In der Höhle habe er einen Esel getroffen, der ganz wie Schnauz ausgesehen habe. Der Esel sei vergnügt Schlittschuh gelaufen und habe ihm geraten, es auch zu probieren. Ein Esel, habe der Esel zu ihm gesagt, schafft alles. Es gäbe nichts, was ein Esel nicht könne. Schnauz strahlte zufrieden: „Und das ist ja auch die Wahrheit."
Jakob Borg und Kleine Adlerfeder sahen sich verwun-

dert an. Wie kam es nur, dass jeder von ihnen etwas anderes in der Höhle sah? Die Höhle war doch nicht so groß, dass so viel in ihr stecken konnte. Sie verstanden nichts mehr.
Schnauz der Esel jedoch war vergnügt. Ihm war so wohl, dass er aufs Eis ging. Und was er sich zuvor niemals zugetraut hatte: Er schlitterte in großen Bögen und Schleifen über das Eis. Er schlitterte sogar sehr gut. Und er konnte es, ohne Schlittschuhe zu besitzen. Wenn man ein Esel ist und vier Hufe statt zweier Füße besitzt, kann man sehr wohl Schlittschuh laufen, auch ohne Schlittschuhe.

Die drei gingen nach Hause und erzählten Katinka, Panadel dem Clochard und dem Falschen Prinzen von der rätselhaften Höhle. Die Freunde hörten sie verwundert

an, und dann beschlossen sie, alle zusammen zur Höhle zu ziehen.
Unterwegs sprach Panadel der Clochard über seinen Urgroßvater, der ein berühmter Höhlensucher gewesen war. Er berichtete, wie viele Höhlen sein Urgroßvater entdeckt und welche Abenteuer er bestanden hatte. Er erzählte von den Eishöhlen der Eisbären und den Seeräuberhöhlen der Ozeane. Er erzählte von den diamantenen Drachenhöhlen und von den Höhlen der Mitternachtsgespenster, die es in zwei Ausführungen gibt: in Schwarz-Weiß und in Farbe. Er erzählte von den amerikanischen Indianerhöhlen und den mitteleuropäischen Vorratshöhlen, in denen die Bauern winters ihre Kartoffeln aufbewahren. Und er gab ihnen nützliche Hinweise, wie man die verschiedenen Höhlen zu entdecken habe. „Eine Seeräuberhöhle zum Beispiel", sagte Panadel, „sollte man stets vor dem Mittagessen aufspüren."
„Ach ja. Und warum?", erkundigte sich Schnauz der Esel.
„Nun", erläuterte der Clochard, „es ist weniger gefährlich. Um diese Zeit schlafen sie nämlich. Jedenfalls ist mir persönlich kein Seeräuber bekannt, der je vor dem Mittagessen aufstand."
„Ach ja. Ach wirklich?"
„Seeräuber leben gesund", fuhr Panadel fort. „Das ist wissenschaftlich erwiesen, mein Lieber. Und was ist gesünder, als bis zum Mittagessen im Bett zu bleiben?"
So plauderte der Clochard, bis sie angekommen waren.
Der Falsche Prinz kroch gleich in die Höhle hinein.

Nach ihm ging Katinka und zum Schluss sah sich Panadel der Clochard in ihr um.
Jeder von ihnen war über das, was er drinnen sah, sehr erstaunt. Nur dass jeder von ihnen etwas anderes gesehen hatte. Katinka traf ein Mädchen, das wie sie Pferde über alles liebte. Das Mädchen ermahnte sie, niemals ihren Wunsch, ein Pferd zu besitzen, zu vergessen. Eines Tages, habe das Mädchen zu ihr gesagt, hast du dein eigenes Pferd.
Der Falsche Prinz sah in der Höhle jemanden, der aussah wie der Falsche Prinz. Dieser andere Falsche Prinz sei auch ein Künstler gewesen und er habe ihm Mut gemacht. Alles, was du willst, hätte er zu ihm gesagt, das kannst du auch erreichen.
Als Panadel der Clochard aus der Höhle wieder hervorkam, rieb er sich vergnügt die Hände. „Nun, ich weiß nicht, was ihr alle gesehen haben wollt. Da drinnen sitzt ein prächtiger alter Knabe. Hat sich's gemütlich gemacht in seiner Höhle. Ein ausgesprochen netter Kumpel. Ich habe mich glänzend mit ihm unterhalten. Er scheint ein bisschen heruntergekommen zu sein, aber sonst ist er in Ordnung." Dann sah er seine Freunde an und fügte hinzu: „Dass er allerdings einem von euch ähnlich sein soll, konnte ich nicht entdecken."
Wie es schien, waren sie dem Geheimnis der Höhle nicht einen Schritt näher gekommen. Im Gegenteil, die Höhle bereitete ihnen immer mehr Kopfzerbrechen. Bis spät in die Nacht hinein unterhielten sie sich darüber, wie es möglich war, dass jeder von ihnen etwas anderes in der Höhle gesehen hatte.

Als sie am anderen Morgen zum Blabberfluss gingen, um nochmals in die Höhle zu kriechen, war diese verschwunden.
Der Sturm hatte in der Nacht die große alte Weide entwurzelt und umgelegt. Und dort, wo sich gestern noch die ungewöhnliche Höhle befand, gähnte heute nur ein Loch mit nasser, kalter Erde und ein bisschen Schnee.
„Wie schade", sagte Katinka, „ich hätte mich gern noch ein wenig mit dem Mädchen unterhalten. Es war schön mit ihr."
Der Falsche Prinz stimmte ihr zu: „Ja, es war ein sehr kluger Junge."
„Er konnte einem schön Mut machen", sagte Kleine Adlerfeder.
„Ach ja", sagte Schnauz, „es war der netteste Esel, den ich je kennen gelernt habe."
„Ein prima Kerl", bekräftigte der Clochard, „ein sympathischer Bursche."
Jakob aber grübelte: „Wen haben wir eigentlich da drinnen gesehen? Und was war das für eine seltsame Höhle?"
„Vermutlich war es eine dieser Wunderhöhlen", antwortete der Clochard beiläufig.
„Eine Wunderhöhle?"
„So ist es, mein Freund", sagte Panadel. „Mein Urgroßvater hat mir viel von diesen Wunderhöhlen erzählt. Da gibt es zum Beispiel die venezianische Spiegelhöhle und die Höhle der unerfüllten Wünsche. Eine besonders heimtückische Höhle ist die Höhle des zweiten

Gesichts. Es ist eine ausgesprochene Gruselhöhle. Dann gibt es die Höhle der tausend Höhlen. Und die Höhle der künftigen Ereignisse. Oder die Höhle der glücklichen Träume. Ich vermute, dass Kleine Adlerfeder eine dieser Wunderhöhlen aufgespürt hat. Man kann sie nur einmal betreten. Dann trägt sie der Sturm davon."

„Der Sturm?", fragte der Falsche Prinz.

„Natürlich der Sturm. Ihm unterstehen doch alle Wunderhöhlen", erläuterte der Clochard seinen überraschten Freunden. „Der Sturm ist bekanntlich ein alter Zaubermeister, der sich ausschließlich mit Wunderhöhlen beschäftigt. Er baut sie irgendwo auf, und kaum hat sie einer entdeckt, weht er sie woandershin."

„Aber warum tut er das?", staunte Jakob.

„Er ist eifersüchtig", sagte Panadel, „der Sturm verträgt es nicht, dass man seine Höhlen betritt. Er ist ein alter Kneisterbart, der seine Wunderhöhlen über alles liebt. Deshalb tobt und stürmt er wie toll, wenn einer sie entdeckt hat."

„Und wo hat er unsere Höhle versteckt?", fragte der Falsche Prinz.

„Ich weiß es nicht", der Clochard zuckte ratlos mit den Schultern, „irgendwo hört er plötzlich auf zu stürmen und wird ruhig und still. Er sucht sich ein neues Plätzchen für die Wunderhöhle und baut sie wieder auf."

„Ist es schwer, eine Wunderhöhle zu entdecken?", erkundigte sich Kleine Adlerfeder.

Panadel nickte. „Nur ausgesprochene Glückskinder und erfahrene Entdecker finden sie."

„Tatsächlich?“ Kleine Adlerfeder wurde rot vor Glück und Stolz.

„So ist es. Und ich glaube, wir können dir gratulieren“, sagte der Clochard zu Kleiner Adlerfeder, „die Welt blickt auf dich. Sie erwartet viel von dir. Weiter so, mein Falke. Zu neuem Ruhm und zu neuen Wunderhöhlen.“

Kleine Adlerfeder schniefte gerührt. Er bedankte sich bei dem Clochard und den anderen Gratulanten. Es gefiel ihm, ein erfahrener Entdecker zu sein.

„Ich wüsste aber gern“, meldete sich Katinka zu Wort, „in welcher Wunderhöhle wir waren. War es die Höhle der Spiegel oder der Träume oder gar die Höhle der nächsten Tage?“

Panadel zuckte mit den Schultern. Auch die anderen Freunde wussten keine Antwort zu geben.

Jakob Borg überlegte lange. Nachdenklich sagte er dann: „Vielleicht war es die Höhle der Träume oder die Höhle der künftigen Ereignisse. Ich glaube, es wird sich erst später herausstellen.“

„Du meinst“, fragte Katinka, „es hängt von uns ab? Von uns und dem, was wir tun werden?“

„Ja“, sagte Jakob, „du hast mich verstanden, Katinka.“

„Mag sein, du hast Recht“, knurrte Panadel, „auf jeden Fall ist das eine gute Moral der Geschichte.“

„Eine Moral? Was meinst du damit?“, erkundigte sich Schnauz.

„Eine Lehre fürs Leben“, erklärte ihm der Clochard. „Du weißt doch, all diese unnützen Dinge, die man später vielleicht einmal brauchen kann.“

„Ach ja?“ Der Esel strahlte. Eine Lehre fürs Leben hatte er sich schon lange gewünscht. Und eine Wunderhöhle ist natürlich eine besonders schöne Lehre fürs Leben.

„Ich würde gern einmal eine Wunderhöhle kennen lernen“, sagte ich zu Jakob, „ob ich wohl auch eine finden kann?“
„Es ist schwierig“, erwiderte er, „du weißt ja, man muss ein erfahrener Entdecker sein.“
„Und eure Höhle?“, fragte ich, „habt ihr sie wiedergefunden?“
„Nein.“ Jakob schüttelte den Kopf. „Aber wir finden sie, irgendwo muss sie ja stecken.“
„Eine gute Idee“, lobte ich, „habt ihr schon nach ihr gesucht?“
„Noch nicht“, antwortete Jakob, „wir hatten keine Zeit. Weihnachten stand vor der Tür. Da gab es für uns viel zu tun.“
„Ach ja“, sagte ich, „Weihnachten. Hast du etwas Schönes geschenkt bekommen?“
„Das ist auch wieder so eine Geschichte“, sagte er.
„Sehr gut“, freute ich mich.
Und während wir beide, die Hände auf dem Rücken gekreuzt, immer wieder um den Häuserblock stapften, ließ ich mir erzählen:

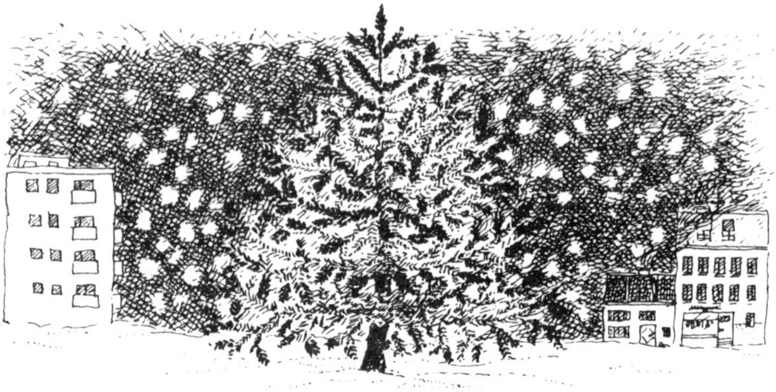

Wie Jakob Borg einen alten Filzhut bekam und unsichtbar wurde.

Wenige Tage vor Weihnachten waren die Freunde von Jakob Borg in großer Verlegenheit. Sie hatten für Jakob noch immer kein Geschenk. Alle waren sich einig, dass es ein besonders schönes Geschenk sein musste. Jakob Borg sollte merken, dass ihn alle sehr gern haben, und deshalb musste das Geschenk außergewöhnlich sein.

Jeder hatte einen Vorschlag gemacht, aber keiner der Vorschläge für ein Geschenk fand allgemeine Zustimmung. Weihnachten war immer näher gerückt und sie saßen noch immer ohne ein Geschenk da.

„Was sollen wir nur machen?“, fragte Katinka, „wir haben kein außergewöhnliches Geschenk für Jakob.

Wenn es so weitergeht, werden wir zu Weihnachten nicht einmal irgendein Geschenk für ihn haben."
„Dumm, sehr dumm. Dieses Schenken ist überhaupt eine überflüssige Unsitte. Jedenfalls ist es schöner, sich etwas schenken zu lassen, als andere zu beschenken. Es bringt mehr ein, so viel ist sicher", bemerkte Panadel der Clochard.
„Aber, es geht um Jakob. Für ihn brauchen wir unbedingt ein Geschenk. Überleg bitte, Panadel, dir fällt doch immer etwas ein", bat Katinka.
„Das ist auch wahr." Der Clochard war geschmeichelt. Er legte einen Finger an die Nase und dachte nach.
Schnauz der Esel meldete sich zaghaft. „Könnten wir ihm nicht eine Lehre fürs Leben schenken?"
„Was willst du damit sagen, Schnauz?", erkundigte sich Katinka.
„Panadel hat viele Lehren fürs Leben. Seine Taschen sind voller Lehren fürs Leben", erklärte der Esel. „Er hat auch geheime Lehren, und ich glaube, über eine geheime Lehre fürs Leben würde sich Jakob sicher freuen."
„Ausgezeichnete Idee, Schnauz", sagte Panadel.
„Ach ja?" Der kleine Esel strahlte vor Glück.
„Klar wie dicke Tinte, Schnauz. Jeder Mensch ist vergnügt, wenn man ihm eine Lehre fürs Leben verpasst."
Der Clochard strich dem Grautier übers Fell. Dann kramte er in seinen prall gefüllten Manteltaschen. Schließlich holte er eine kaputte Sonnenbrille hervor. Ein Glas war zersprungen. Das andere fehlte völlig, ein

rotes Bonbonpapier war darüber geklebt. Panadel hielt die Brille stolz in die Höhe und wartete darauf, was die Freunde sagen würden.

„Eine zerbrochene alte Brille!“, rief Katinka entsetzt. „Was soll das heißen? Willst du Jakob diesen Müll schenken?“

„Oh, es ist nicht irgendeine Brille. Es ist eine Pilzbrille“, sagte Panadel selbstbewusst und machte eine kleine Pause, bevor er fortfuhr: „Ich habe sie von ihrem Erfinder geerbt.“

„Eine Pilzbrille?“, fragte Katinka misstrauisch.

„Ja. Eine Pilzbrille. Ein alter Schulfreund von mir hat sie erfunden, zwei Tage bevor er starb. Man braucht nur in den Wald zu gehen und sie aufzusetzen. Und schon siehst du die Pilze, nichts als Pilze. Wenn man durch das rechte Glas blickt, sieht man alle essbaren Pilze, und wenn man durch das linke Bonbonpapier schaut, alle Giftpilze.“

Katinka schüttelte den Kopf. „Das ist kaum zu glauben.“

„So ist es“, gab der Clochard zu, „leider ist dem Erfinder ein Missgeschick zugestoßen. Als er sie ausprobierte, verwechselte er die Gläser und sammelte einen Korb der allerschönsten Giftpilze. Er hat es nicht überlebt. Er hatte nur noch Zeit, sein Testament zu machen und mir die Brille zu vererben. Daran kann man sehen, wie wichtig es ist, die Gebrauchsanleitungen vorher zu lesen.“

„Aber was soll Jakob mit einer Pilzbrille mitten im Winter? Ich fürchte, es ist kein geeignetes Weihnachtsgeschenk.“

„Na schön. Auf meine Pilzbrille hätte ich ohnehin ungern verzichtet." Jetzt war der Clochard gekränkt. Ärgerlich setzte er sich die Pilzbrille auf die Nase, stellte sich ans Fenster und sah hinaus.
Schnauz der Esel betrachtete ihn erwartungsvoll. Eine Pilzbrille hatte er sich schon immer gewünscht. „Es ist eine richtige Pilzbrille, nicht wahr, Panadel?"
„Ja, Schnauz, wie ich es sagte", brummte Panadel missmutig. „Es gibt Leute, die würden ein Vermögen dafür bezahlen, um sie zu bekommen."

„Ach ja?“
„So ist es. Und es gibt Leute, die nichts von einer Pilzbrille verstehen. Traurig, aber wahr.“ Der Clochard schüttelte betrübt sein Haupt.
„Und was siehst du jetzt?“, fragte Schnauz.
„Nun, man kann deutlich erkennen: Es sieht nicht so aus, als ob es regnet.“
„Das stimmt“, rief Schnauz erfreut, „es regnet tatsächlich nicht. Du hast Recht.“
„Schnauz, du bist ein Esel.“ Panadel war erbost. „Dass es nicht regnet, kann ich auch ohne meine Pilzbrille durchschauen. Ich sagte aber: Ich erkenne, dass es nicht so aussieht, als ob es regnet. Das ist der springende Punkt der Pilzbrille, wenn du verstehst, was ich meine.“
Schnauz verstand ihn nicht. Einen springenden Punkt hatte er nicht gesehen. So sagte er nur verlegen: „Ach ja, ich bin ein Esel. Ich weiß, ach ja, ach ja.“
Der Clochard nahm die Brille ab und stopfte sie missmutig in eine der überfüllten Manteltaschen.
Dabei fiel ihm ein alter Filzhut heraus, der in seinem Leben wohl schon oft unter die Räder gekommen war. Erfreut hob Panadel ihn auf. „Ich glaube, wir haben ein Geschenk für Jakob. Ein wirklich außerordentliches Geschenk.“ Er hielt Katinka den verbeulten Filzhut hin und strahlte sie an.
Katinka war fassungslos. „Was heißt das? Herrjeh, willst du Jakob einen verlausten, durchlöcherten Filzhut schenken? Hast du den Verstand verloren?“
Der Clochard aber war begeistert. Zärtlich streichelte

er mit der Hand über den Hut. „Es ist tatsächlich ein alter Hut, es ist sogar ein sehr alter Hut. Es ist ein Familienerbstück, wenn ihr versteht, was ich meine. Es ist Merlins Zauberhut. König Artus hat ihn getragen vor Tausenden von Jahren. Dann hat er den Hut seinem Sohn vererbt, der ihn wieder seinem Sohn vererbt hat, und so weiter, bis er schließlich in meinen Besitz kam."

„Willst du damit sagen, Panadel, dass König Artus dein Ururururgroßvater war?", fragte Katinka ungläubig.

„Woher weißt du das, Katinka?" Panadel war erstaunt. „Du hast Recht. Er ist wirklich mein Ururururgroßvater. Das ist eine lange Geschichte. Aber schön, wenn du sie unbedingt hören willst."

„Nein, ich will keine deiner Geschichten hören", unterbrach ihn Katinka, „ich will wissen, was mit diesem Hut ist."

„König Artus' wunderbarer Hut!" Der Clochard strich wieder mit der Hand über den alten Filzhut. Er senkte die Stimme, bevor er weitersprach, als fürchte er, dass jemand sie belauschen könnte: „Ihr müsst wissen, es ist Merlins Zauberhut, der Zauberhut des Zauberers Merlin. Wer den Hut aufsetzt, wird unsichtbar. Für alle Feinde wird er unsichtbar. Nur die wirklichen Freunde können ihn noch sehen. Mit diesem Zauberhut auf dem Kopf hat König Artus siegreiche Schlachten geschlagen. Ich erinnere mich noch an die Seeschlacht mit den Eskimos. Es war ungefähr vor zweitausend Jahren, am vierten, nein, am fünften April. Es war ein kalter Tag und die Eskimos waren in der Überzahl. König Artus hatte eben sein Frühstück beendet. Es gab gezuckertes Joghurt, Toast mit Himbeermarmelade und warme Milch."

„Gezuckertes Joghurt?", erkundigte sich Schnauz.

„Ja."

„Und Himbeermarmelade?"

„So war es."

„Ein gutes Frühstück, ach ja", stöhnte der kleine Esel.

Panadel nickte. „Und zum Abschluss gab es geeiste Melonenscheibchen mit einem Glas Sherry."

„Wir wollen keine von deinen Geschichten hören", unterbrach ihn Katinka, „wir wollen bloß wissen, was mit diesem Hut ist."

„Oh, es ist eine ungewöhnlich spannende Geschichte. Aber wie du willst, Katinka", lenkte Panadel ein, „mit dem Hut, das ist schnell erklärt. Du setzt ihn auf und schon bist du unsichtbar. Nur deine Freunde können dich sehen. Ich gebe ihn ungern aus der Hand, es ist ein altes Familienerbstück. Da hängen viele Erinnerungen dran. Doch für Jakob opfere ich ihn mit Vergnügen."

Katinka war gerührt. „Das ist lieb von dir, Panadel. Ich glaube, ein Zauberhut ist wirklich ein außerordentliches Geschenk."

Dieser Ansicht waren auch die anderen Freunde. Gemeinsam wickelten sie den Zauberhut in Seidenpapier, banden eine rosa Schleife darum und warteten gespannt auf den Tag, an dem sie ihn Jakob überreichen würden.

Weihnachten war sehr schön. Es gab wundervolle Geschenke für alle und Gebäck und Süßigkeiten. Das Schönste aber war der Zauberhut. Jakob trug ihn das ganze Fest über.
Natürlich wurde er für seine Freunde nicht unsichtbar. Der Clochard tat zwar erst, als ob er ihn nicht sehen könne. Er rief immer wieder: „Wo ist denn nur Jakob?" Und dabei stieß er ihn an und trat ihm auf die Zehen, als sehe er ihn wirklich nicht. Doch das war nur ein Spaß.

Gleich nach Weihnachten konnte Jakob die Zauberkräfte des alten Filzhutes ausprobieren. Er sollte Milch holen gehen. Er setzte den Hut auf und trat auf die Straße.
Es dauerte gar nicht lange und ein Erwachsener kam

ihm auf dem Bürgersteig entgegen. Er lief genau auf Jakob zu, rempelte ihn an und lief einfach weiter. Jakob kicherte. Der Zauberhut wirkte. Jakob war unsichtbar geworden.
Als ihn ein zweiter Erwachsener anrempelte, rief Jakob: „Haben Sie denn keine Augen im Kopf, Sie Trampeltier!"
Es war herrlich. Der Erwachsene drehte sich um und sah in Jakobs Richtung. Er war fassungslos und sein Mund blieb ihm vor Schreck offen stehen. Wieder kicherte Jakob vor sich hin.
Im Milchladen stellte er sich an. Die Verkäuferin bediente einen Erwachsenen nach dem anderen, nur Jakob übersah sie. Aber Jakob war nicht verärgert. Er kicherte leise, er war ja unsichtbar. Die Verkäuferin konnte ihn nicht sehen. Er musste erst den Hut abnehmen und sagen: „Jetzt bin ich aber dran", bevor ihn die Verkäuferin endlich sah.
Am Nachmittag ging Jakob mit dem Zauberhut zur Schule. Es waren noch Ferien, aber Jakob wusste, dass Herr Bullenbeißer, der Hausmeister, mit seinem Hund vor der Schule stehen würde.
Herr Bullenbeißer stand den ganzen Tag, jahraus, jahrein, mit seinem Hund vor der Schule. Er machte stets ein grimmiges Gesicht, hatte kurze, krumme Beine und konnte Kinder nicht ausstehen. Sein Hund blickte genauso grimmig, hatte gleichfalls kurze, krumme Beine und Kinder konnte er auch nicht ausstehen. Wenn er ein Kind sah, bellte er wütend und fletschte die Zähne. Der Hund natürlich, nicht der Herr Bullenbeißer. Herr

Bullenbeißer bellte nicht, und er fletschte auch nicht die Zähne, aber Angst hatten alle vor ihm.
Jakob Borg wusste nicht, ob der Hausmeister wirklich ‚Herr Bullenbeißer' hieß. Er hatte einmal zu ihm ‚Guten Morgen, Herr Bullenbeißer' gesagt. Da hatte ihn der Hausmeister so merkwürdig angesehen, dass Jakob schnell in sein Klassenzimmer gerannt war.
Herr Bullenbeißer stand tatsächlich vor der Schule. Jakob Borg ging mit seinem Zauberhut mehrmals vor ihm auf und ab. Herr Bullenbeißer sah ihn nicht.
Plötzlich kam der Bullenbeißer-Hund angerannt. Er bellte und fletschte die Zähne und tat, als wolle er Jakob Borg beißen. Jakob wurde unsicher. Sollte er für den Hund sichtbar sein? Oder hatte der Zauberhut seine magischen Kräfte verloren? Er blieb ängstlich stehen und überlegte: Ach was, er kann mich nicht sehen, der Hund. Jeder weiß ja, dass Hunde besonders gute Nasen haben. Wahrscheinlich riecht er mich nur und ist deshalb so wütend.
Dann nahm Jakob allen Mut zusammen und ging auf den Hund zu. Einen Schritt und noch einen und noch einen. Vor Aufregung schwitzte er, obwohl es kalt war. Er ging immer weiter auf den Hund zu.

Der Bullenbeißer-Hund wurde immer wütender, bellte und fletschte noch grimmiger die Zähne.
Jakob machte noch einen Schritt. Der Hund riss sein Maul weit auf. Seine Augen glühten.
Jetzt passiert's, dachte Jakob und ging trotzdem noch einen Schritt vorwärts. Und plötzlich, Jakob Borg traute seinen Augen nicht, plötzlich fing der Hund an zu winseln und verkroch sich zwischen den Beinen von Herrn Bullenbeißer.
Herr Bullenbeißer wurde ärgerlich und trat mit dem Fuß nach seinem Hund. Der Hund winselte laut auf und kroch vor Angst auf dem Bauch. Er fürchtete sich vor dem unsichtbaren Jakob Borg, den er wohl riechen, aber nicht sehen konnte.
Jakob war glücklich.
So ein unsichtbar machender Zauberhut ist ein wundervolles, ein außerordentliches Geschenk.
Am Abend berichtete er den Freunden seine Erlebnisse.
„Ihr hättet mich sehen sollen. Ich hatte überhaupt keine Angst mehr, nicht vor Herrn Bullenbeißer und nicht vor seinem Hund."
„Nun, es freut mich, zu hören, dass der alte Filz nichts von seinen Zauberkräften verloren hat. Er ist immerhin ein paar tausend Jahre alt", gab der Clochard zu bedenken.
„Einmal", sagte Jakob, „fürchtete ich, dass Herr Bullenbeißer mich sieht. Er blickte mir genau in die Augen und sah sehr böse aus."
Panadel der Clochard kratzte sich den Kopf. „Versteht sich, ein wenig Vorsicht bei einem so alten Hut ist rat-

sam. Du musst wissen, Jakob, man hat ihn unzählige Male gewaschen. Und Waschen bekommt einem Zauberhut natürlich ebenso wenig wie jedem anderen Menschen. Die Zauberkraft leidet darunter, wenn du verstehst, was ich meine."
Jakob Borg nickte. Er versprach, mit dem Geschenk behutsam umzugehen.
Vorsichtig legte er den Zauberhut in seine rote Kiste. Er wollte ihn nicht zu oft aufsetzen, um ihn nicht abzunutzen.
Katinka gab ihm für König Artus' Hut eine richtige Hutschachtel von einer Tante. Sie beneidete Jakob sehr: „Es ist sicher herrlich, unsichtbar zu sein."

„O ja, Katinka. Es ist unbeschreiblich schön“, sagte Jakob.

„Aber manchmal ist es auch unangenehm, nicht gesehen zu werden. Man zieht sein schönstes Kleid an und keiner kann es bewundern. Man trägt ganz neue, glänzende Schuhe, und jeder tritt dir drauf, weil er dich nicht sieht.“

„Du hast Recht, Katinka“, stimmte Jakob ihr zu, „immerzu will ich nicht unsichtbar sein. Aber es ist doch angenehm, einen Zauberhut zu besitzen, durch den man sich ab und zu einmal verschwinden lassen kann.“

Und das meinte Katinka auch.

Ab und zu ist es wirklich recht praktisch, unsichtbar zu sein.

„Eine verrückte Geschichte!“, sagte ich.

„Ja“, sagte Jakob nachdenklich, „meine Freunde sind liebe, lustige Leute. Kein Wunder, dass sie etwas verrückt sind.“

Wir waren stehen geblieben. „Wie wär's“, fragte ich ihn, „wie wär's mit noch einer Geschichte?“

Er schüttelte den Kopf. „Keine Zeit.“

„Aber wenn wir uns wieder sehen, erzählst du mir etwas, einverstanden?“

Jakob nickte.

„Du kennst wohl noch viele Geschichten?“

„Tausende“, sagte Jakob so nebenher.

„Tausende?“

„Aber ja“, sagte er großzügig, „man erlebt doch jeden

Tag etwas, irgendeine spannende Geschichte passiert immer."
„Aber man bekommt nicht jeden Tag einen Zauberhut geschenkt", wandte ich ein.
„Das stimmt natürlich", bestätigte Jakob, „ein Zauberhut ist etwas Außerordentliches."
„Ab und zu", gestand ich, „wäre es mir sehr lieb, unsichtbar zu sein. Es gibt nämlich Situationen, da wäre mir eine solche Lehre fürs Leben äußerst hilfreich."
„Ich verstehe", sagte Jakob, „aber alte Zauberhüte gibt es mehr, als man denkt. Wenn man die Augen offen hält und sich jeden verbeulten Filzhut auf den Kopf setzt, kann man bald einen eigenen Zauberhut besitzen. Jedenfalls meint das der Clochard."
„Das wäre schön", seufzte ich.
„Nun", gab Jakob zu bedenken, „ein bisschen Glück und gute Freunde muss man auch haben, wenn man zu einem unsichtbar machenden Zauberhut kommen will."
Wir verabschiedeten uns. „Hoffentlich sehen wir uns bald wieder", sagte ich.
„Gewiss", Jakob nickte.
„Und grüß Panadel den Clochard und Katinka und den Falschen Prinzen und Kleine Adlerfeder und natürlich auch Schnauz den Esel", rief ich ihm hinterher.
„Ich werde es nicht vergessen", rief er zurück.
Ich stieg in mein Auto und fuhr endlich zu dieser furchtbar wichtigen, unaufschiebbaren Angelegenheit.
Ob Jakob wirklich noch tausend Geschichten kennt?
Aber dann sagte ich mir, eigentlich hat er Recht, irgend-

etwas passiert jeden Tag. Irgendeine Geschichte erlebt man immerzu. Vielleicht finde ich eines Tages auch einen Zauberhut.
Wie Jakob sagt: Man muss sich nur jeden alten Filzhut auf den Kopf setzen und ihn ausprobieren.
Und das ist ja nicht schwer.

Christoph Hein
Mama ist gegangen
Roman
Mit Illustrationen von Rotraut Susanne Berner.
Gulliver Taschenbuch
152 Seiten *ab 10*

Nach dem Tod von Ullas Mama wird für die Familie alles anders – ein Geschichte voller Trost.

Ulla mag ihren Papa sehr, aber ihre Mama liebt sie vielleicht einen Zentimeter mehr. Doch dann wird Ullas Mama krank und kurze Zeit später stirbt sie. Christoph Hein erzählt von Ulla, ihren Brüdern und dem Vater, für die nach dem Tod der Mutter ein neues Leben beginnt. »Eine Geschichte, die erdet, die tröstlich und heiter ist, weil sie nicht mit dem Tod endet, sondern mit Kirsch-Schokoladen-Kuchen …« Mitteldeutsche Zeitung

Beltz & Gelberg, Weinheim

In der Reihe

Süddeutsche Zeitung Junge Bibliothek

160 Seiten
3-86615-126-8
978-3-86615-126-0

120 Seiten
3-86615-127-6
978-3-86615-127-7

80 Seiten
3-86615-128-4
978-3-86615-128-4

128 Seiten
3-86615-131-4
978-3-86615-131-4

In der Reihe
Süddeutsche Zeitung Junge Bibliothek

112 Seiten
3-86615-133-0
978-3-86615-133-8

160 Seiten
3-86615-135-7
978-3-86615-135-2

160 Seiten
3-86615-138-1
978-3-86615-138-3

160 Seiten
3-86615-140-3
978-3-86615-140-6